애도의 방식

김수영 소설집

김 수 영 소 설 집

애도의 방식

아시아

차례

종이집

보기만 해도 힐링이 되는 집이라고? 수인은 본 적도, 살아본 적도, 가져본 적도 없는 집이었다. 이런 집을 접을 수 있을까. 브이로그 '종이집'을 오픈하고 6개월 만의 마수걸인 데다 무려 다섯 채였다. 두 달 치 월세와 맞먹는 20만 원을 마다하기도 쉽지 않았다. 하루에 종이집을 한 채씩 납품하는 조건이었다. 선뜻 엄두가 나지 않았지만, 수인은 앞뒤 재지 말고 덤벼보기로 했다. 선금을 넣으라는 조항을 넣어 주문 확인 댓글을 달았고, 별도의 문자메시지도 보냈다.

승리 부동산 유리창에 붙은 숫자들을 올려다보았다. 전세 6.5억, 급매 15억 조정 가능, 월세 4억에 60, 급월세 1억에

100. 평범한 숫자인데 뒤에 붙은 억, 때문에 하늘에 떠 있는 구름 같았다. 구름, 이라고 웅얼거리며 수인은 휴대폰을 움켜쥐었다. 의자에 등을 기대고 무릎을 뻗고는 만세를 부르듯 기지개를 켰다. 의자를 빙글 돌리며 일어나 화장실로 갔다. 금연, 샤워 금지 스티커가 붙은 문을 열고 쪽방으로 들어갔다.

화장실 안쪽에 붙은 2.5평짜리 쪽방이 수인의 거처였다. 쪽방은 대각선으로 누워야 간신히 다리를 뻗을 수 있을 정도로 좁았다. 어둡고 쿰쿰한 냄새까지 났지만 수인에게는 더없이 안온한 공간이었다. 소주병에 사는 열대어 무늬, 수인이 접은 수백 채의 종이집과 함께 있어서였다. 태풍이 올라온다는데. 수인은 천장에 걸린 종이집을 손바닥으로 훑으며 물었다. 오늘은 말문이 좀 트일까? 대답이라도 하듯 종이집이 잇따라 부석거렸다.

수인은 쪽방, 화장실, 승리 부동산의 출입문을 차례로 열었다. 옅은 햇살을 타고 아침이 막 내려오고 있었다. 눅진한 바람이 컨테이너 안으로 길을 내며 지나갔다. 큰길에서 두 블록 안으로 들어온 승리 부동산 골목은 한적했다. 밤새 골목을 지켰을 가로수만 줄지어 서 있을 뿐 지나는 사람도 없었다. 유리 세정제를 뿌려가며 수인은 유리창을 맑게 닦았다. 휴대폰 진동소리가 고요를 깼다.

수인아. 너 어디 있니?

아버지?

한 달 만에 듣는 아버지의 첫마디에 수인은 좀 뜨악했다. 역시 받는 게 아니었다. 컨테이너요. 설마 바로 옆에서 전화하는 건 아니겠지. 예고도 없이 들이닥칠까 봐 수인은 조심스러웠다. 못 들었는지 아버지는 전에 살던 곳에 계속 사느냐고 되물었다. 요즘 컨테이너 하우스가 핫하잖아요. 무심코 대꾸하고는 바로 후회했다. 아버지에게 컨테이너는 금기어에 가까웠다. 30년도 넘은 기억을 불러올 게 뻔했다.

목수인 아버지를 따라 수인은 전국의 건축 현장을 떠돌아다녔다. 가슴이 아프던 엄마가 죽은 다음부터였다. 건축 현장에서는 주로 컨테이너에 묵었다. 컨테이너 출입문에 걸터앉아 기계톱으로 목재를 재단하고, 못질을 하는 아버지를 구경했다. 혼자 땅따먹기를 했고, 굴러다니는 못을 집어 땅 위에 집과 엄마를 그리며 놀았다.

수인아. 어디 있냐.

수인은 수시로 아버지의 호출을 받았다. 뛰어가면 컨테이너 안에서 놀라는 말만 들었다. 컨테이너 안은 덥고, 답답하고, 벌레가 많았다. 그래서였을까. 수인은 컨테이너 안에 혼자 있는 게 무서웠다. 컨테이너 문을 열고 앉아 밖을 내다보면서 두루마리 휴지에 새겨진 금을 따라 찢었다. 찢은 휴지를 접어 엄마, 의자, 텔레비전, 강아지라 이름 붙이며 놀았다. 휴지는 더러운 것을 닦는 데만 쓰는 거다. 아버지는 컨테이너에 널린 휴지를 쓰레기통에 던지며 나무랐다. 눈썹을 찡그리며 담배를 피웠다. 몸에 달라붙는 파리를 탁탁 쳐 쫓았다.

어디냐고 물을 때부터 알아차려야 했다. 아버지는 돈이 떨어졌고, 대놓고 말하기 쑥스러운 거였다. 어-쩌-라-고-요. 수인은 평소보다 심하게 말을 더듬었고, 여태 술이 덜 깬 거냐는 핀잔을 들었다. 돈이 떨어져 심사가 뒤틀린 모양이라 여겼으나 수인의 속도 편치 않았다. 그 아버지에 그 딸이죠, 라고 말할 뻔했다. 뒤치다꺼리는 그만하겠다고 선언하고 싶었으나 바쁘다는 말만 겨우 내뱉었다. 전화를 끊으려는데 아버지는 엄마랑 같이 한번 만나자고 말했다. 수인이 귀를 후벼 파며 물었다.

엄마가 소-준-가-요. 마트에만 가면 있는.

그게 아니고.

아버지는 말끝을 흐렸다. 평소답지 않게 뾰족한 수인의 대꾸에도 심드렁했다. 내가 너한테 가마. 어디로 가면 되니? 풀

죽은 목소리가 수인은 듣기 싫었다. 말려들지 말자고 마음을 다잡았다. 손님이 왔다고 둘러대며 전화를 끊었다. 휴대폰이 계속 떨어댔지만 받지 않았다. 조만간 휴대폰을 바꿔야겠다고 마음먹었다.

수인은 손으로 이마를 짚고 골목을 내다보았다. 휴대폰 액정을 밀어 브이로그, '종이집'으로 들어갔다. 동영상을 보며 마음을 다독였다. 마리의 브이로그, '향기로운 집'으로 건너갔다. 밤새 붉은 박공지붕 집이 업로드되어 있었다. 페인트가 벗겨진 창틀, 잔금이 간 흙벽돌의 디테일, 차곡차곡 접어 올린 기와의 섬세함에 정감이 갔다. 대문을 열면 주름 골이 패기 시작했을 엄마가 웃으며 맞아줄 것 같았다. 이런 집에 살고 싶어요. 줄줄이 달린 댓글 밑에 수인도 댓글을 올리고, 좋아요를 눌렀다.

집사모로 들어가 우리 골목 프로젝트를 둘러봤다. 우리 골목은 마리가 기획, 개최하는 사이버 전시였는데 올해의 주제는 '특별히 레트로'였다. 오늘 정오가 동영상 업로드 마감이었다. 전시된 작품에 한해 실물교환이 가능하다는 공지가 떠 있었다. 수인은 은근슬쩍 종이집 주문을 받았다는 셀프 홍보를 올렸다. 올리고 보니 멋쩍어서 팔뚝을 벅벅 긁었다. 커피포트에 물을 붓고 스위치를 눌렀다.

사장 책상으로 옮겨 앉아 컴퓨터를 켰다. 회원으로 등록된 N 부동산 포털에 접속했다. 승리 부동산이 내놓은 매물 날짜를 변경했고, 클릭수를 늘렸다. 새 물건이 나왔는지, 계약된 집은 있는지, 다른 부동산의 매물을 엿보고 돌아다녔다. 시세를 뒤지고 아파트 커뮤니티도 들락거리면서 주변 동향을 살폈다. 마우스를 클릭할 때마다 소리내기 연습을 했다. 아, 어, 오, 우, 으, 이. 모음이 끝나면 쉬운 단어부터 말하기 시작했다. 어눌하지만 말을 하고 나면 성대도, 혀도 조금 풀렸다. 수인이 아침마다 하는 작업이었다. 창밖 저만치서 노란색 어린이집 차에 아이를 태우는 여자를 보며 인스턴트커피를 마셨다.

백여 번의 서류전형 만에 처음으로 봤던 면접을 떠올렸다. 수인은 예상 질문이 적힌 휴대폰을 보며 말하기 연습에 전념했다. 긴장하지 않았다면 거짓말이었다. 제대로 대답하지 못할까 봐 조바심이 났다. 잔뜩 굳어서 면접관의 질문에 대답했다. 맞습니다, 라고 생각하면서 그걸 질문이라고 하느냐고 되묻고 말았다. 당황한 나머지 다음 질문은 알아듣지도 못했다. 면접관은 눈을 끔벅거렸고 더 이상 질문하지 않았다.

면접을 망친 수인은 소리도 내지 못하고 통곡했다. 이비인

후과로 바로 가 증상을 낱낱이 종이에 적었다. 의사의 지시에 따라 절규하듯 입을 한껏 벌렸다. 외마디 소리를 지르고 말을 토해냈다. 바위가 성대를 꽉 막고 있는 것 같았다. 무테안경을 검지로 밀어 올리며 의사는 스트레스가 원인이라는 처방을 내렸다. 무슨 말이든 참지 말고 내뱉으라는 조언도 들었다. 누구에게 털어놓나. 내 걱정도 산더미처럼 쌓여 있는데 누가 남의 걱정까지 듣나. 심리치료를 추천받았으나 수인은 말하지 않는 것으로 대신했다. 졸지에 무게 있는 사람처럼 과묵해졌다. 그때부터였다. 수인이 손에 잡히는 종이를 다시 접기 시작한 건.

말하지 않아도 되는 일자리는 많지 않았다. 경력이 필요 없는 전단지 돌리기, 주방 설거지, 청소 도우미 알바를 했다. 면접 따위는 보지 않는 부동산 사무보조로 들어갔다. 부동산 사무실에 딸린 방에 세 들어 사는 조건이었다. 출퇴근 비용도 안 들고, 월세도 싸잖아. 빨래방도, 편의점도 가까이 있고. 수인은 맞춤형 직업이라고 스스로를 세뇌시켰다. 알바 시급보다 조금 높은 급여도 받아들였다. 어영부영 서른 후반에 다다른 수인은 더는 알바를 전전하고 싶지 않았다.

오전 동안, 승리 부동산을 지키며 수인은 종이집을 접었다. 포스트잇, 24시간 배달 번호가 찍힌 메모지, 망친 계약서,

탁상달력 종이, 담뱃갑, 은박지, 약봉지까지 어떤 종이든 수인의 손을 거치면 집이 되었다. 완성된 종이집이 쪽방에 가지런히 쌓였다. 쪽방에는 자연스레 마을과 이야기가 생겨났다. 문제는 한정된 공간이었다. 궁리 끝에 수인은 벽과 벽 사이를 잇는 줄을 맸다. 종이집에 끈을 달아 줄에 걸었다. 허공에 걸린 집들끼리 부딪는 소리가 이야기처럼 들렸다. 말 없는 이야기에 귀를 기울이며 수인은 자주 쪽방을 서성였다.

수인 자신도 접고 싶은 충동에 시달렸다. 그럴 땐 종이를 접는 모습을 동영상으로 찍었다. 스스로를 감시하는 방식이었다. 더듬더듬 쪽방에 모인 종이집의 이야기, 소주병에서 사는 무늬 이야기를 풀어냈다. 어눌한 대로 솔직하게. 완성되지 못한 말을 해도 뭐라고 하는 사람이 없어 마음이 편했다. 짧은 메모까지 단 동영상을 브이로그에 올렸다. 종종 방문객을 확인했으나 찾아오는 사람은 없었다.

브이로그를 오픈한 지 석 달 만에 첫 댓글이 달렸다. 마리라는 아이디였다. 밤에만 문을 여는 초미니 야간 편의점엔 밤이 손님인가요. 환하고 깨끗한 곳에서 일하는 사람은 밝고 깔끔할 듯. 수인은 댓글을 여러 번 읽었다. 환하고 깨끗한 곳이라는 말에 설핏 웃었다. 바로 고맙다는 댓글을 달았다. 종종 편의점에서 만나요. 자판을 누르는 수인의 손놀림이 춤이라도 추듯 경쾌했다.

마리는 수인의 브이로그에 간판도 달아줬다. 이름을 불러줘야 내 집이 된다면서. 종이집이 어떠냐고 물었다. 흔하고 평범해서 누구도 눈여겨보지 않지만 그래서 쉽게 다가갈 수 있는 귀한 집이라며. 평범하지만 귀한, 이라는 마리의 댓글엔 묘한 설득력이 있었다. 내 일이 아닌데도 관심을 기울이는 사람도 있었다. 얼굴도 모르지만, 수인은 마리가 고마웠다. 마리 덕분에 수인의 브이로그는 그때부터 '종이집'이 되었다.

집사모, 집을 접는 사람들의 모임에 가입했다. 마리에게 들어서 알게 된 집사모는 접기 마니아들의 아지트였다. 수인은 집을 접는 사람이 많은 것에, 접는 이유가 끝도 없는 것에 놀랐다. 살 수도 없고, 값도 매기지 못하는 종이집에 집착하는 사람이 너무 많아서 더 놀랐다. 익명이 원칙인 것도 수인의 취향과 맞았다. 처음 뵙습니다. 잘 부탁드려요. 수인이 올린 평범한 가입 인사에 댓글이 계단처럼 이어졌다. 댓글을 밟고 올라가면 하늘에라도 가닿을 것 같았다.

손부채질을 하며 수인은 골목을 내다보았다. 정물화를 보는 것처럼 움직임이 없었다. 태풍이 올라오고 있다는 예보는 오보 같았다. 일정한 간격으로 재난 안전 문자가 도착하는 걸

보면 또 아닌 듯도 했다. 골목 안에서 낯선 개가 느릿느릿 걸어 나왔다. 승리 부동산 앞까지 오더니 안을 기웃거리며 컹, 짖었다. 수인은 부적처럼 넣고 다니는 주머니 속 파란 종이집을 만지작거렸다. 천천히 문으로 다가가서는 발을 굴러 개를 쫓았다.

유리창에 붙은 광고지 한 장을 떼어냈다. 206동 로열 층, 급매 15억, 조정 가능이라는 문구를 읽었다. 숫자와 글씨를 손끝으로 문질러보았다. 집이라는 느낌은 없었다. 광고지를 들고 냉동고에서 얼음덩이를 꺼내 혀 위에 얹었다. 얼음덩이가 쩍 달라붙자 혀는 감각이 없다가, 얼얼하다가, 시렸다. 얼음을 물고 수인은 책상으로 돌아가 앉았다. 그늘에 누워 승리 부동산을 쳐다보는 개와 눈이 마주쳤다. 누가 누구를 보는 건지 헷갈렸다.

수인은 뜯어온 광고지를 책상 위에 놓았다. 긴 쪽을 가로로 놓고 반듯이 폈다. 아래에서 위로 이등분해서 올려 접었다. 글씨와 숫자가 반으로 툭 꺾여 서로에게 맞닿았다. 접은 종이를 직각이 되게 돌렸다. 이번에는 짧은 쪽을 가로로 놓고 반으로 접었다. 서로 다른 글씨와 숫자가 합쳐졌다. 손톱 끝으로 접힌 선을 꾹꾹 눌렀다. 문구용 칼을 접힌 선 사이에 넣고 밀었다. 광고지가 넉 장으로 잘렸다. 집은 사라지고, 글씨와 숫자는 토막 나고, 조각난 종이만 남았다. 무슨 짓을 한 거지, 언짢아진 수인이 밖을 내다보았다. 가로수 밑에 있던 개는 사라지고 없었다.

힐링이란 뭘까. 아무 생각도 떠오르지 않았다. 수인은 포털 사이트로 들어가 힐링의 뜻을 검색했다. '1. (몸이나 마음의) 치유[치료]'로 나와 있었다. 종이집이 무엇을 치유할 수 있을까. 20만 원을 선뜻 내놓는 사람은 어떤 사람일까. 수인은 그쪽은 자신의 영역이 아니라고 중얼거렸다. 그녀가 할 수 있는 것은 종이를 접고, 그것을 종이집이라고 믿고 소중하게 간직하는 게 전부였다. 보기만 해도 힐링이 되는 집이라고? 보기만에 방점이 찍힌 걸까? 아님, 힐링에? 혹시 집에? 수인은 유리창 저편, 죽은 듯 움직임이 없는 골목을 보며 혼자 물었다.

뭘 그렇게 열심히 접나? 손님 없었어?

수인은 사장이 들어온 줄도 몰랐다. 급하게 일어서는 바람에 의자가 튕기면서 밀렸다. 의자 바퀴를 고정했던 레버가 풀어지면서 수인의 복숭아뼈를 쳤다. 뼈가 바서질 것처럼 아팠다. 이마를 잔뜩 찌푸린 수인이 컴퓨터를 껐다. 절뚝거리며 자신의 책상으로 돌아갔다.

어디 아파요?

사장이 수인을 흘끗 보았다.

수인은 책상 밑에서 아픈 발을 다른 쪽 다리 위로 올렸다. 복숭아뼈는 불이 날 것처럼 화끈거리고 쓰라렸다. 아니에요. 얼버무렸지만 입속에는 말하지 못한 말들이 가득했다. 아프지 않은 사람이 어디 있어요, 목구멍에 돌이 박힌 것 같은데. 박힌 돌이 안으로 빠져버려 몸속이 온통 돌밭이 된 것 같은데. 돌 구르는 소리라도 속 시원히 질러보고 싶어요. 말이 되지 못한 말을 삼켰다. 에어컨을 켜지. 사장이 다정하게 책망하면서 리모컨을 눌렀다. 밑도 끝도 없이 아깝다며 입맛을 다셨다.

이름이 필요한데. 수인 씨. 주민등록 이전했던가? 사장은 지나가는 말처럼 물었다. 이름값이 꽤 붙을 거라고도 했다. 부담은 갖지 말고. 은근하게 덧붙였다. 정수기에서 얼음물을 받아 마셨다. 냉커피라도 탈까요? 통증을 참으며 수인이 물었다. 발음을 잘하려고 온 신경을 쏟아서인지 목이 아팠다. 아냐. 마시고 왔어. 허스키한 그녀의 목소리는 언제 들어도 매력적이었다. 저 정도까지는 바라지도 않는데. 수인은 목을 매만졌다.

수인은 도와주고는 싶었다. 어쨌든 월급을 주는 사장이 잘

되는 것이 좋으니까. 그런데 이름이 여러 개 있는 것도 아니고, 내 것이라곤 이름 하나뿐인데, 이름값을 받고 빌려주면 나는 이름 없는 사람이 되나? 집도 없는데 이름까지 없으면 어떻게 살아야 할까. 의문이 꼬리를 물고 이어졌다. 벌써 두 번이나 거절한 탓에 바로 아니라고 말하기도 망설여졌다. 수인은 야단맞는 아이처럼 고개를 푹 숙였다. 입고 있는 셔츠에 그려진 빨간 지붕 집을 보았다.

빨간 지붕 집은 어느 미술관 앞에 세워져 있는 집이라고 했다. 보는 각도에 따라 집이 찌그러지고, 주저앉고, 늘어나고, 짧아지고, 높아지고, 낮아진대요. 셔츠를 이리저리 돌리며 옷 가게 여자가 설명했었다. 어떻게 그래요? 셔츠를 만지작거리며 묻는 수인을 여자는 안타까운 듯 쳐다봤다. 도처에 이상한 집이 깔린 걸 여태 모른단 말이에요? 외계인이라도 보는 듯한 눈초리로 물었다.

시간을 갖고 생각해봐요. 당장 대답하지 않아도 돼. 사장은 수인에게 눈을 찡긋했다. 과하게 다정한 척해서 닭살이 돋았다. 옷 특이하네. 마음에 없는 칭찬까지 늘어놨다. 옷에 인쇄된 집 이야기를 하려다가 수인은 입을 다물었다. 어쭙잖게 설명하다 엉뚱한 말을 할지도 몰랐다. 사장에게 새겨들으라고 할 수도 없었다. 말을 할 때마다 수인은 파도에 휩쓸리는 자갈 소리가 떠올랐다. 자갈은 몸을 부딪치며 소리를 내지만 사람들은 파도 소리로 듣지 않는가.

내 정신 좀 봐. 대리점에 들렀다 온다는 걸 깜빡했네. 사장은 휴대폰을 귀중품 1호로 여기는 사람이었다. 종종걸음으로 걸어가는 사장 뒤로 아침에 보았던 노란 차가 달려왔다. 노란 차가 승리 부동산 맞은편에 멈추자 어디에 있었는지 아침에 보았던 여자가 나왔다. 여자는 차에서 내리는 아이에게 양산을 씌워주었다. 손을 잡고 골목길로 걸어 들어갔다. 수인은 여자와 아이가 사라진 골목을 오래도록 바라보았다.

번호가 재산인데. 말이 돼? 10년 넘게 쓴 번호를 바꿀 순 없어.

두 대의 휴대폰을 쓰는 사장이 투덜거리며 들어왔다. 다 제멋대로라며 화를 냈다. 택배 온 게 없느냐고 물었다. 또 옷을 주문한 모양이었다. 손을 털며 화장실로 들어갔다. 쪽방 문을 잠갔던가. 종이집이 가득한 쪽방은 수인만의 방이었다. 누구에게도 들키고 싶지 않았다. 수인은 손을 비비며 화장실 문 앞에서 왔다 갔다 했다. 수건이 없네. 사장은 물이 뚝뚝 떨어지는 손을 털며 나왔다. 손님과 모델하우스에 가기로 했다며 서둘렀다.

납품 시간 지켜주세요. 선금으로 요구한 5만 원 입금 완료했습니다. 차액은 종이집 실물을 받을 때마다 계산하죠.

수인은 액정에서 눈을 떼지 못했다. 덜컥 겁이 나 손으로 머리를 감쌌다. 보기만 해도 힐링이 되는 집은 어떤 집이지? 손가락으로 머리카락을 잡아 돌돌 말며 고민에 빠졌다. 떠오르는 집은 없었다. 컨테이너? 그건 아니지, 했다가 그렇지, 하며 주먹으로 머리통을 살짝 쥐어박았다. 수인은 사람 사는 냄새가 스며 있는 컨테이너를 접기로 했다. 손으로 허공을 접으며 손가락 워밍업을 마쳤다.

탁자 위에 있던 월간지를 책상으로 옮겨 차곡차곡 쌓았다. 휴대폰을 셀카 봉에 끼우고 월간지 위에 놓았다. 손이 잘 보이도록 휴대폰 각도를 조절했다. 여러 번 조정해가며 최적의 각도를 찾아 고정했다. 녹화 버튼을 눌렀다.

검은 색종이를 쓱 쓰다듬고 반으로 잘랐다. 긴 쪽을 가로가 되게 펼쳤다. 반으로 접었다. 짧은 쪽만 반으로 준 길쭉한 직사각형이 되었다. 이번엔 길쭉한 쪽이 서로 겹쳐지도록 접었다. 가로가 반으로 줄었다. 다시 한번 똑같이 접어 더 작은 직사각형을 만들었다. 균형은 맞는지, 높이는 일정한지 살피고 양쪽 끝을 이어 붙이니 벽이 생겼다. 한쪽 벽에 구멍을 뚫어 창문을 냈다. 종이를 가늘게 꼬아 일정한 간격으로 창문에 붙였다. 문틀과 출입문은 따로 노란색 종이로 접어 창문의 맞은편에 달았다. 남은 검은 색종이로 천장을 덮고 바닥을 깔았다.

사람 사는 냄새가 날까? 그러나 문에 등을 기대고 휴지를 찢어 접던 어린 수인도, 대패질과 못질을 하던 아버지도 보이지 않았다. 흔적은 사라지고 흐릿한 기억만 남은 집을 들고 수인은 녹화 버튼을 껐다. 책상 위에 놓고 여러 각도에서 사진을 찍었다. 겨우 한 채 접었을 뿐인데 목과 어깨가 뻐근했다. 두 손을 머리 위로 올려 벌을 서듯 스트레칭을 했다. 뚝뚝 소리가 나도록 손가락 관절을 꺾었다.

휴대폰 배터리가 10퍼센트로 떨어졌다. 휴대폰이 낡은 탓이었다. 더 이상 쓰지 못할 때까지 쓰려고 했는데 바꿀 때가 된 것 같았다. 충전되는 동안 수인은 팔꿈치를 책상 위에 올려놓고는 방금 접은 종이집을 보았다. 옛날 컨테이너에 있었던 물건들의 이름을 불렀다. 바지, 수건, 휴지, 머리띠, 개미, 파리. 혼자 허공에 대고 말을 할 땐 발음이 명확했다. 엉뚱한 말실수도 하지 않았다.

목이 말랐다. 정수기 꼭지 밑에 커피를 마셨던 종이컵을 댔다. 물이 떨어지면서 정수기의 물통 안에서 기포가 올라왔다. 무늬가 뻐끔거리는 것 같았다. 아침에 먹이를 주었던가.

수인은 갑자기 무니가 걱정되었다. 물을 쭉 들이켜고는 컵에 새 물을 받았다. 컵을 들고 쪽방으로 들어갔다. 어둡고 후텁지근한 게 얼굴이 달아오르고 숨이 막혔다. 더위에 무니를 방치했다는 생각에 마음이 쓰렸다.

무니는 몸길이가 1.5센티미터 정도밖에 안 되는 열대어였다. 승리 부동산으로 오면서 키우기 시작해 1년 가까이 동거 중이었다. 온몸이 새까만 무니는 쌀쌀맞은 게 매력이었다. 먹이를 줄 때조차 다가오지 않았다. 좀체 속내를 알 수 없어서 더 마음이 끌렸다. 밥 먹어. 시원한 물도 마시고. 좁은 소주병 입구로 먹이를 넣고, 물도 부어주었다. 어두워서 밤인 줄 아는지 무니는 움직이지 않았다. 수인은 소주병을 툭툭 치고는 승리 부동산으로 나왔다.

브이로그, '종이집'에 접속했다. 댓글이 세 개나 달려 있었다. 반가운 마음으로 댓글을 읽던 수인은 얼굴을 찡그렸다. 종이집이나 접고. 팔자가 늘어지네. 아론이라는 아이디가 단 댓글이었다. 일은 안 풀리고 부탁할 곳은 없고 죽고 싶은 기분이었을까. 빈정대면 기분이 좋아질까. 잘 알지도 못하면서. 간신히, 종이집이라도 접는 건데. 휴대폰을 내려놓으며 수인은 한숨을 쉬었다. 턱을 괴고 책상을 내려다보았다. 색색의 색종이, 노란색 둥근 통에 담긴 딱풀, 안전 가위와 문구용 칼, 뽈자, 연필과 볼펜이 어지럽게 늘어져 있었다. 물건들을 책상 한쪽으로 가지런히 몰아놓았다.

지갑 깊숙이 넣어둔 사진을 꺼냈다. 수인이 가진 유일한 엄마 사진이었다. 살이 오른 어린 수인을 안고 있는 엄마는 삐쩍 말라 있었다. 수인은 시간도 기억도 무화되어버린 사진을 하염없이 들여다보았다. 복사기로 확대 복사했다. 사진은 다시 지갑 속에 잘 넣었다. 휴대폰을 설치하고 녹화를 시작했다. 수인은 경계선이 흐리멍덩해진 눈과 입, 턱선을 또렷하게 그려 넣고, 복사지를 0.5센티미터 간격으로 접어 주름을 만들었다. 지금의 수인보다 어린 엄마가 주름 속으로 숨었다가 튀어나왔다. 못 찾겠다, 꾀꼬리. 숨바꼭질이라도 하는 것 같았다. 주름 사이에 길쭉한 창문을 냈다. 종이의 끝과 끝을 잇고, 위와 아래를 검은 종이로 감싸 지붕과 바닥을 만들었다. 지붕에 차양을 길게 다니 옛날 카메라처럼 보였다. 네모난 필름을 끼우고 검은 천으로 덮고는 공기주머니를 누르면 펑 하고 터지며 찍히는 카메라. 기억을 찍는 집이라고 이름 지었다. 우리 골목 프로젝트 '특별히 레트로'에 올렸다.

찜이요. 댓글이 바로 달렸다. 피고였다. 피고는 벌집 모형을 17개 붙인, 허니 다방을 올렸다. 벌집엔 각기 다른 커피

메뉴가 적혀 있었다. 모닝커피, 쌍화차, 커피 우유, 프림 커피, 계란 프라이 등등. 신속 배달 문구를 보며 수인은 빙긋 웃었다. 커피를 배달하는 장면이 떠올라서였다. 피고의 집은 지붕도 벽도 문도 하나같이 곧은 게 없었다. 휘어지고 굽은 집을 접은 걸 보면 피고도 굴곡이 많은 사람 같았다. 닉네임도 피고이고. 혼자 추측하던 수인은 아차, 싶었다. 그저 남과 다른 것일 뿐인데. 잘 알지도 못하면서.

속 보이는 철학관. 마리가 접은 집이 떴다. 안이 훤히 들여다보이는 투명 벽에 푸른 셀로판 지붕을 얹은 집이었다. 수인은 감추고 싶은 곳을 숨김없이 드러내는 마리의 용기가 부러웠다. 벌거벗은 임금님 이야기가 떠올랐다. 정말 아무것도 없는지, 보지 못하는 건지 고민하는 신하를 생각하다 큭큭 웃었다. 허니 다방과 실물교환 신청이요. 피고의 댓글이 득달같이 올라왔다. 수인은 반사적으로 손바닥으로 책상을 쳤다. 피고의 댓글 밑에 수인도 찜한다고 썼다.

'특별히 레트로' 프로젝트는 실시간 좋아요, 숫자가 많은 집이 자동으로 앞에 배치되었다. 25위 안에 들지 못하는 종이집은 뒤로 밀려나 보이지도 않았다. 마감인 정오가 되기도 전에 벌써 스물다섯 채가 올라와 있었다. 경쟁에서 이겨야만 살아남는 일에 수인은 자신이 없었다. 수인의 기억을 찍는 집엔 아직 좋아요, 가 달라붙지 않았다. 씁쓸한 마음으로 수인은 집사모에서 빠져나왔다.

휴대폰엔 부재중 전화가 5통, 문자메시지가 2개나 쌓여 있었다. 전부 아버지였다. 급해지셨네. 갑작스레 불쌍한 척은. 아버지는 컨테이너에서 쓰던 휴대용 가스버너가 터지는 사고로 오른손 엄지와 중지를 잃었다. 목수 일은 하지 못했고 화상으로 얽은 얼굴 때문에 두문불출하며 지냈다.

전화를 왜 안 받니. 수인아. 어디 있니.

30년이 넘도록 같은 질문에 수인은 넌더리가 났다. 컨테이너에 있다고 소리 없이 외쳤다.

도로공사를 하는지 드릴 소리와 진동이 몰려왔다. 컨테이너까지 덜덜거리며 떨었다. 파란색 일 톤 트럭이 승리 부동산 골목으로 들어왔다. 컴퓨터, 냉장고, 못 쓰는 가전제품 삽니다. 녹음된 말이 반복해서 들렸다. 소음이 점령한 골목길을 내다보던 수인은 전화벨 소리에 깜짝 놀랐다.

승리-부동산-입니다, 세 번 만에 말을 완성했다. 별일 없어요? 사장이었다. 이름은 생각해봤어요? 수인은 잠시 뜸을 들였다. 이름엔 수인의 생각이 들어가 있지 않았다. 그냥 주어진 거였다. 머뭇거리는 동안 사장은 안 들린다고 성화였다. 주변이 너무 시끄럽다, 나중에 말하자며 화가 난 듯 소리쳤다. 택배가 왔다고 전했으나 듣지 못한 것 같았다. 나중에 다시 이야기하자는 말만 되풀이했다. 바로 퇴근한다며 문단속 잘하고, 밤에도 전등불은 끄지 말라고 당부했다. 시간은 벌써 다섯 시를 향해 가고 있었다. 전화를 끊고 수인은 책상에 엎드렸다. 그러고 보니 오늘은 토요일이었다. 어깨를 주무르는데 눈이 스르륵 감겼다.

　수인은 종이로 엄마를 접고 있었다. 접은 엄마 얼굴에 눈과 코, 입을 정성스럽게 그렸다. 엄마를 수인의 종이집 안에 앉혔다. 나도 들어갈까. 좁으면 끼어 앉으면 돼. 혼자 묻고 답했다. 다음엔 가방을 접었다. 가방 속에 엄마가 앉아 있는 종이집을 넣었다. 종이가방을 들고 버스정류장으로 나갔다. 종이가방을 무릎 위에 놓고 나무 벤치에 앉았다. 도착시간이 뜨는 모니터를 흘긋거렸고 버스가 오는 방향을 바라보았다. 버스가 도착하면 다른 버스를 기다리는 척하며 그냥 보냈다. 버스를 기다리는 사람은 점점 줄어들었다. 나무 벤치엔 수인 혼자 남았다. 수인은 종이가방을 벤치에 내려놓고 일어섰다. 집을 못 찾아 비바람이 몰아치는 어두운 골목길을 돌아다녔다.
　깜짝 놀라 눈을 떴다. 땀으로 끈적거리는 얼굴을 손으로 대충 닦았다. 꿈치고는 너무 생생했다. 엄마의 얼굴을 떠올리려 애쓰며 수인은 문밖을 내다보았다. 가로수 잎이 이리저리 누웠다 일어섰다. 흙먼지와 잡동사니가 날아다녔다. 어수선한 걸 보니 태풍이 오기는 오나 보네. 띵동. 재난 안전 문자가 들어왔고 동시에 허기가 몰려왔다.

생각해보니 종일 먹은 게 커피와 물뿐이었다. 수인은 쪽방 안에 있는 컵라면을 꺼내왔다. 커피포트에 물을 끓였다. 출입문이 안으로 밀리면서 틈새로 바람이 휙휙 새어들었다. 유리창에 잔뜩 붙은 날벌레가 안을 들여다보았다. 수십 개의 눈알이 수인을 감시하는 것 같아 버거웠다. 승리 부동산의 출입문을 잠갔다. 컵라면에 끓는 물을 부었다. 한 손엔 종이집을, 다른 손엔 컵라면을 들고 쪽방으로 들어갔다.

컵라면이 익기를 기다리며 우리 골목 프로젝트로 들어갔다. 다행히 기억을 찍는 집은 아직 살아남아 있었다. 양보 감사합니다. 수인의 집에 달린 피고의 댓글을 읽었다. 뜬금없이 무슨 말이야. 수인은 마리의 속 보이는 철학관을 찾아갔다. 세상을 얻은 것 같다, 는 피고의 댓글 옆에 하트가 10개는 붙어 있었다. 보기만 해도 힐링이 되는 집을 접느라 수인은 신경이 곤두서 있었다. 양보한 적 없는데요. 피고의 댓글에 바로 댓글을 달았다. 끝난 거래로 시비 걸지 말라, 로 시작하는 장문의 댓글이 뒤따라왔다. 익명이라지만 집사모 회원이면 누구나 보는 공개 프로젝트였다. 수인은 대응을 포기했다.

찝찝한 기분으로 수인은 기억을 찍는 집을 내렸다. 먼저 손을 내밀어 준 마리에게는 미안했지만. 라면을 한입 후루룩 삼켰다. 처음으로 갖고 싶은 집이었는데. 허공에 대고 떠오르는 말을 모두 내뱉었다. 이웃이라니 속지 마. 다 남이야. 나는 내가 지켜야지. 평소엔 생각지도 않던 말들을 마구 쏟아냈다. 나쁜 새끼, 못된 년. 욕심에 눈이 멀었구나. 죄다 타버려라. 욕에 악담까지 해댔다. 한참을 지껄이던 수인은 흠칫 놀랐다. 말은 어눌하지 않았고, 무엇보다 생각한 대로 말이 나왔다. 그사이 라면은 먹지 못할 만큼 불어터졌다.

수인은 라면 국물을 싱크대에 버리다가 소주병에 낀 녹조를 발견했다. 소주병을 들고 형광등 아래로 갔다. 불빛을 비춰도 무늬는 움직이지 않았다. 너도 피곤하구나. 힐링이 필요한 거야? 그만 자고 일어나. 수인이 소주병을 흔들었다. 배를 위로 한 무늬가 떠올랐다. 왜 그래? 수인은 소주병을 들고 우왕좌왕하다가 그 자리에 주저앉았다. 밤이 깊도록 소주병을 가슴에 안고 종이집을 바라보며 앉아있었다.

주문자가 지정한 G 클라우드에 수인은 힐링이라는 제목으로 동영상과 사진을 올렸다. 완성된 종이집은 성수역에 있는 로커에 넣어놓겠다는 문자메시지를 보냈다. 양손을 깍지 껴서 뒤통수를 받치고 쪽방 문에 기대앉았다. 괜찮아. 그대로 괜찮아. 눈을 감고 종이집이 수런거리는 소리를 들었다.

허공에 매달린 종이집이 한순간 요동쳤다. 바닥에 쌓아놓은 종이집까지 날리고 뒤집혔다. 찌지직, 쿵, 끼익, 무언가가 찢기고, 떨어지고, 부러지는 소리가 연이어 들렸다. 놀란 수인이 일어나 쪽창 밖을 내다보았다. 비바람이 마구잡이로 들이쳤다. 태풍이 상륙한 건가. 형광등이 깜빡거렸고 컨테이너까지 들썩거렸다. 새벽 다섯 시 오 분이었다. 지금 나가면 첫 지하철을 탈 수 있었다. 종이집을 빨리 가져다 놓고 오는 게 나을 것 같았다. 수인은 서둘러 외출 준비를 했다.

컨테이너 지붕을 무언가가 내리쳤다. 쪽창이 찌그러지고 유리가 깨졌다. 비바람 소리에 얹혀 띵동, 띵동, 한꺼번에 여러 통의 문자메시지가 도착했다. 태풍 상륙을 알리는 긴급 재난 안내 문자였고, 아버지였고, 마리였다. 수인은 아버지 문자메시지부터 눌렀다.

수인아. 어디냐? 괜찮은 거야? 내가 가마.

아버지는 늘 같은 말만 반복했다.

컨테이너라니까요, 툴툴거리며 수인은 마리의 문자메시지를 읽었다. 우리 골목에 물이 들어오고 있어. 집이 잠길 것 같

아. 선뜻 이해되지 않았으나 넘어갔다. 휴대폰 안에도 비바람이 치나, 의아해하며 휴대폰과 종이집을 챙겨 들었다. 쪽방 문을 밀었으나 열리지 않았다. 전깃줄이 윙윙댔고 나뭇잎 흔들리는 소리가 파도 소리 같았다.

컨테이너가 이리저리 흔들리더니 쿵 소리를 내며 옆으로 쓰러졌다. 수인도 나자빠졌다. 바닥에 쌓여 있던 종이집이 무너져 내렸다. 쪽방 문이 위에서 수인을 내려다보았다. 바닥에 깔린 쪽창으로 물이 새 들었다. 무너진 종이집이 바닥부터 젖어 주저앉았다. 벽과 천장에 걸어놨던 종이집도 찢기고 떨어졌다. 수인은 움츠린 자세 그대로 한참을 꼼짝도 못 했다. 보기만 해도 힐링이 되는 집을 가슴에 안았다. 고개를 앞으로 접듯이 숙였다. 허리를 구부려 무릎에 닿도록 접고, 다리를 가슴에 바싹댔다. 천천히 종이집 안으로 들어갔다.

검은 비닐봉지

1

　현관문의 디지털 잠금장치 덮개를 올렸다. 문손잡이에 걸린 검은 비닐봉지가 부스럭거리며 손목에 닿았다. 내버려두고 비밀번호를 눌렀다. 잠금쇠가 풀리는 전자음을 들으며 나는 손잡이를 밑으로 당겼다. 안으로 들어서면서 벽을 더듬어 전등 스위치를 올렸다. 어둠에 잠겨 있던 집안 모습이 한꺼번에 드러났다.

　겉모습만으론 몰라요.

　석 달 전, 부동산중개소 여자가 했던 말이 새삼 떠올랐다.

사실, 집 외관은 여느 집과 다르지 않았다. 콘크리트 외벽은 때가 끼어 거뭇거뭇했고, 소나무가 새겨진 초록색 현관문엔 먼지가 뽀얗게 내려앉아 있었다. 얼마 전에 내부 수리를 했어요. 월세로 내돌리는 집치곤 신경 쓴 거죠. 부동산중개소 여자의 홍보성 말을 흘려들으면서 나는 안으로 들어갔다. 온통 흰색 페인트를 칠한 벽과 천장, 스테인리스로 마감된 침대, 식탁, 의자, 싱크대 상판과 세면대가 어우러진 내부는 날카로운 서늘함을 뿜어내고 있었다. 벽에 붙어 있는 그림을 본 다음, 나는 다른 집은 보지 않겠다고 말했다. 싸구려 복사본이겠지만 호크니의 그림이 눈에 들어와서였다. 6개월 월세를 선납하면 한 달 치를 까주는 조건으로 반년 계약을 했다.

친구처럼 지내요, 우리. 그나저나 과일을 많이 먹어야겠어.

하마터면 네? 라고 물을 뻔했다. 까맣게 탄 데다 윤기 없는 피부, 푸석한 머리칼과 마른 몸피가 측은지심을 불러일으켰을까. 처음 보는 여자, 엄마뻘인 집주인과 친구가 되는 일에 나는 회의적이었다. 느닷없이 과일은 왜? 라는 생각이 들었으나 그냥 넘겼다.

다음 날, 문손잡이에 걸린 검은 비닐봉지를 발견했다. 못생겼지만 잘 익었어요. 방울토마토와 함께 담긴 쪽지를 읽었다. 방울토마토 한 알을 천천히 씹었다. 담백한 과즙이 혀를 감쌌다. 근래 맛보지 못한 싱싱한 맛이었다. 어차피 먹을 건데 못생겼으면 어떠니. 과일을 먹을 때마다 엄마가 했던 말이 생각났다. 그 일만 없었어도… 생각에 잠긴 채 나는 방울토마토 여러 알을 입에 넣고 꼭꼭 씹었다.

초파리 한 마리가 눈앞에서 얼쩡거렸다. 앓는 소리를 내며 나는 초파리가 날아다니는 허공을 노려보았다. 손뼉을 치듯 허공에서 두 손을 맞부딪쳤다. 몇 번이나 시도했으나 소리만 요란했을 뿐 초파리는 잡히지 않았다. 열불이 난 나는 냉장고를 열어 냉기를 쏘였다. 냉장고를 점령하고 있는 검은 비닐봉지는 안 보려고 애를 썼다. 생수통을 꺼냈다.

언니. 철제문을 통해 익숙한 목소리가 건너왔다. 생수를 꿀꺽 삼킨 나는 발끝으로 걸어 현관문 앞으로 갔다. 누구냐고 가만히 물었다. 2층이라는 말에 눈을 찌푸리며 얕은 한숨을 내뱉었다. 쫄깃해진 신경을 억지로 누그러뜨리고 문을 열었다. 현관문 밖에 놔두었던 종량제봉투가 문에 밀려나며 바스락거렸다. 아차, 싶었다.

종량제봉투는 집 안에 두었다가 버려줘요. 냄새나고 파리도 꼬이고. 내가 버려줄까? 저 아래, 첫 번째 전봇대 밑에 갖다 놓는 건 알죠?

억지로 입꼬리를 올린 나는 곧 버리겠다고 다소 퉁명스럽게 대답했다. 이층여자가 입은 바람막이 점퍼의 브랜드 이름을 눈여겨보았다.

2

'틴텐' 매장으로 출근한 지 일주일째 되는 날이었다. 손님이 오면 응? 지금 안 사면 손해 보는 느낌이 들게. 알지? 나는 두 손을 앞으로 가지런히 모으고 팀장의 말을 되새겼다. 간간이 텅 빈 거리를 흘끔거렸다. 유령이라도 좋으니 누구라도 들어오라고 주문을 걸었다. 그러나 마법은 통하지 않았고 먼지와 소음, 흐릿한 햇빛, 습한 바람만이 매장을 넘나들었다. 매장을 몇 바퀴 돌다 지친 나는 밖으로 나갔다. 호객용으로 내놓은 행거에 걸린 옷걸이를 색깔별로 정리하고 가격표를 거꾸로 돌려놓았다. 그 옷을 입은 사람들의 모습을 상상했다. 하나같이 표정이 밝지 않아 그만두었다. 반팔 셔츠를 크기별로 고쳐 걸고, 바지의 위치를 옮겨놓았다. 죽은 듯이 자리를 지키고 있는 건너편 빌딩 앞의 조각상, 낡은 간판을 응시했다. 거리엔 축축한 공기만 떠다녔고, 시간은 멈춰버린 듯했다.

무조건 철수하라는 메일을 받았을 때도 그랬다. 그때 나는 걷기 열풍에 맞춘 오지 트레킹 상품을 개발하고 있었다. 하루 열두 시간을 걷는 강행군으로 기진맥진한 상태였고, 마지막 구간만 답사하면 대략의 루트가 확정되는 시점이었다. 이유가 뭔데? 전쟁이라도 났어? 답 메일을 보내지 않은 채 이 주일을 버텼다. 그동안 자려고 누웠다가 벌떡 일어날 때가 한두 번이 아니었다. 오지에서도 밀려나면 갈 곳은 뻔했다.

무급 휴직이나 퇴직을 선택하라는 메일이 또 왔다. 문을 닫아야 할 만큼 재정 상태가 나쁘다, 선택을 늦춘 불이익은 개인의 몫이라는 내용이 첨가되었다. 나는 막다른 골목 앞에 선 느낌이었다. 늘 들고 다니던 커피나무를 숙소 옆, 숲에 남겨놓은 채 시외버스를 탔다. 꿀꿀한 기분을 아는지 도시로 가는 내내 비가 내렸다.

엄마 집 대신 허름한 게스트하우스에 묵으면서 종일 컴퓨터를 뒤졌다. 온갖 곳에 이력서를 올렸다. 알바라도 알아보려다가 종합 아웃도어 브랜드인 '틴텐'의 판매직 모집 공고를 발견했다. 6개월 근무 보장이라는 문구에 이끌려 무조건 지원했다. 여행상품 판매 경력이 인정된 걸까. 합격연락을 받았다. 근무지가 태장 시라는 걸 알고는 마음 한구석이 서늘해졌다. 그러나 현실은 마음 따위를 배려할 여유가 없었다.

태장 시로 향하는 고속버스에 승객은 나 혼자였다. 기사를 흘긋거리면서 안전띠를 맸다. 반년이면 충분할 거야. 스스로를 세뇌했으나 나에게 벌을 주는 느낌도 없지 않았다. 걷는다는 자부심이 넘쳐났던 나는 당분간 사라질 거였다. 마네킹처럼 한곳에 붙박여서 마네킹의 옷을 갈아입히는 역할을 묵묵히 수행하리라 마음먹었다. 고속버스가 달리는 내내 나는 손끝으로 유리창에 선을 그었다. 당장은 보이지 않지만, 선은 길이 되리라 여겼다. 길은 있는 게 아니라 만드는 것임을 나는 체험으로 알고 있었다. 오지를 걸으며 얻은 수확이었다.

　빗방울이 떨어지는가 싶더니 이내 장대비가 쏟아졌다. 나는 서둘러 밖에 내놨던 행거를 들여놨다. 유리창 앞에 서서 쏟아지는 비를 쳐다보았다. 투명한 유리에 갇힌 채 알록달록한 옷과 함께 물속에 있는 착각에 빠졌다. 괜히 숨을 참으며 오늘의 날씨를 검색했다. 국지성 폭우가 내일까지 이어진다는 예보가 떴다. 북극의 기온 상승 때문이란다. 빙하가 깨지고 녹아내려 엉뚱한 지역에 산불이 나고, 가뭄이 들고, 폭우가 쏟아진다는 분석이었다. 본 적도, 가본 적도 없는 북극과 그곳의 빙하를 탓하며 나는 우산을 찾아 챙겼다. 늦은 퇴근을 했다.

　123번 버스는 좀처럼 오지 않았다. 기다리다 지친 나는 다음 정거장 쪽으로 걸어갔다. 우산을 썼는데도 튕겨 오르는 빗방울에 운동화는 속까지 질컥거렸다. 다이소가 보여 무작정 들어갔다. 입구에 깔린 골판지를 밟다가 삐끗했다. 유리문을 잡고 간신히 중심을 잡았으나 창피해 얼굴이 화끈거렸다. 고개를 숙이고 안쪽으로 뛰듯 들어갔다. 급하게 살 물건이라도 있는 것처럼. 흙색 플라스틱 화분이 눈에 띄었다. 오지에 놓고 온 커피나무가 생각났다.

오지에선 커피나무가 나의 유일한 친구였다. 커피나무 이파리를 매만지거나 줄기를 쓰다듬으며 답답하다, 힘들다, 무섭다, 새길을 찾았다 등등 속내를 털어놨다. 발에 물집이 생겼어. 신발이 너덜너덜해. 따끔거리는 얼굴을 면 스카프로 둘둘 말고 다니니 미라가 된 기분이야. 냉면 한 사발만 먹었으면. 달달한 커피가 그리워. 하찮은 말을 들어주는 것만으로도 위안을 받았다. 나는 화분 두 개를 집었다. 계산대 위를 지나며 화분이 삑, 소리를 냈다. 반갑다고, 아니 왜 이제 왔느냐고 묻는 것 같았다.

집에 오자마자 배낭 바닥을 뒤졌다. 오래전에 넣어두었던 커피콩을 찾아냈다. 한참을 코밑에 대고 있었다. 커피콩에선 아직도 오지의 흙냄새가 나는 것 같았다. 싹이 날지는 의문이었으나 상관없었다. 나는 유리컵에 물을 가득 받았다. 벽에 걸린 호크니의 〈더 큰 첨벙〉이 뿜어내는 거대한 물기둥을 보았다. 다이빙을 한 사람은 얼마나 깊이 빠져버린 것일까, 아직도 물속으로 빠져드는 중이라 보이지 않는 것일까, 어쩌면 이미 바닥에 가라앉았는지도 모르지, 바닥을 짚고 올라오는 중인지도 몰라, 라고 생각하며 유리컵 속에 커피콩을 떨어뜨렸다. 빙글빙글 돌며 서서히 가라앉는 커피콩을 주시했다. 그날 밤, 나는 커피콩을 타고 물속으로 곤두박질치는 꿈을 꿨다. 밤새 물속을 떠다녔다.

다음 날, 나는 화분에 상토와 흙을 섞어 깔았다. 물에 불어 퉁퉁해진 커피콩을 적당한 간격으로 세 알씩 심었다. 흙을 덮고 손바닥으로 눌렀다. 뿌리를 잘 내리라고, 껍질을 뚫고서 나오라고 주문을 걸었다. 싹이 나고, 자라는 모습을 보면 나도 버틸 수 있을 것 같았다. 볕이 잘 드는 곳으로 화분을 옮겨놓았다. 잠가놨던 창문도 조금 열어놓았다. 아침마다 화분에 물을 주면서 힘을 내라고 응원했다.

일주일 정도 지나자 흙이 꿈틀거렸다. 흙 표면이 찢어졌고, 깊은 상처 같은 계곡이 생겼다. 계곡을 뚫고 마침내 머리에 흙을 인 떡잎이 올라왔다. 나는 고개를 바짝 세운 어린 떡잎과 자주 눈을 맞췄고, 웃어주었다. 3주가 지나자 커피콩에서 솟아오른 떡잎은 키가 10센티미터까지 자랐고, 줄기는 튼

실해졌다. 죽지는 않겠구나, 안도했다.

3

산책 가세요?

쓰레기도 버릴 겸. 산책하기 딱 좋은 밤이야. 같이 갈래요?

이층여자의 등에 대고 나는 건성으로 그렇죠, 라고 대답했다. 반색하며 뒤돌아서서 손을 내미는 그녀를 보고 오해를 자초한 것임을 깨달았다. 발목이 부어서 오늘은 힘들다고, 왼쪽 발을 가리키며 손을 저었다. 눈치를 보고, 감정을 헤아리는 상대로는 '틴텐'의 팀장과 동료, 사장만으로도 벅찼다. 종일 서 있다 와서인지 피곤하기도 했다.

사실 걷기는 내가 좋아하는 일 중의 하나였다. 지금이라도 가본 적이 없는 길을 가며 새 루트를 만들던 때로 돌아가고 싶었다. 걷는 속도와 방향, 멈추고 빠져나가야 할 지점, 돌아갈 포인트를 정하려고 고심하며 걷던 때가 생각났다. 입가에 엷은 미소가 번졌다. 그러나 규칙을 바꿔가면서까지 이층여자와 같이 걷고 싶진 않았다. 동반자와 마음이 맞지 않으면 피곤이 배가되었다. 피곤이 가라앉았던 기억을 끌어낼까, 겁이 났다.

이거 못 봤나 보네.

이층여자는 문손잡이에 걸린 검은 비닐봉지를 빼냈다. 내게 내밀었다. 그것을 조용히 밀치자 눈빛이 돌연 사나워졌다. 사양하는 나, 떠안기려는 이층여자가 잠깐 실랑이를 벌였다. 허공에서 이리저리 밀쳐지던 검은 비닐봉지가 바닥에 떨어졌다. 순식간에 분위기가 싸해졌다. 지뢰라도 밟은 것처럼 그녀와 나는 꼼짝도 하지 않았다. 고개를 숙이고 눈을 굴리던 내가 마지못해 검은 비닐봉지를 집었다. 손끝에서 바스락거리는 소리가 부서졌다. 감정을 다잡고 이번만 받겠다고 말할 참이었다. 엉뚱한 말이 튀어나왔다.

석 달째예요. 먹을 사람이 없어요. 감사하긴 한데.

난 또 뭐라고. 그럼 얼굴에라도 붙여요.

이층여자는 손바닥으로 뺨을 톡톡 치며 말했다. 그녀의 긴 그림자가 내 앞으로 쓱 다가왔다. 그림자를 피해 뒷걸음질을 치면서 나는 나직이 다시 말했다. 이젠 그만… 내 말이 채 끝나기도 전에 돌아서는 이층여자를 답답한 마음으로 바라보았다. 종량제봉투가 흔들리는 소리를 들었다. 가슴을 관통한 '얼굴에라도'라는 말에 신음을 내뱉는데 이층여자가 다시 돌아섰다.

비타민이 부족하면 히스테릭해진다던데.

나는 귀를 의심했다. 다정하고 푸근했던 그녀의 목소리는 어느새 거칠고, 공격적인 고음으로 바뀌어 있었다. 아픈 곳을 쑤시는 말을 털려는 듯 나는 몸을 털었다. 불편하다잖아. 다들 자기 생각만 하면 어떡하냐고. 중얼중얼 소심하게 화를 냈다.

J 여행사에 다닐 때였다. 나는 부모님을 포함한 화동 시장 상인 조합원 20명과 온천 투어를 나갔었다. 장염에 걸려 탈수 직전까지 간 신입의 부탁 때문이었다. 그러니까 도와주는 차원이었다. 오랜만에 나가는 현장 투어인 데다 다들 어르신이라 나는 안전이 제일이라고 반복해서 말했다. 그러나 모처럼의 일탈에 들뜬 일행은 내 당부엔 관심이 없었다.

역시 온천이 최고야. 무릎이 부드러워졌다니까. 온천을 좀 더 하면 안 될까? 밥이야 날마다 먹는 거지만 온천은 아니잖아. 저녁은 도시락으로 먹어도 돼.

오후 투어를 나가려는데 동해청과 이모가 눈을 끔벅거리며 부탁했다. 그녀는 엄마와 30년 지기였고, 나와도 가까워 이모라고 부르며 지내는 사이였다. 계절의 변화를 이모네서 받은 과일로 느낄 때도 있었다. 건강 찾기 여행이라는 말에 나는 결정적으로 낚였다. 동해청과 이모에게 눈을 끔적였다.

엄지와 검지를 모아 오케이 사인을 주고받았다. 나머지 일행과 전세버스에 올랐다. 오후엔 근처의 절에 갔다가 저녁까지 먹고 오는 일정이 기다리고 있었다.

신신 왕갈비에서 저녁을 먹는데 화재 속보가 날아들었다. 속보를 읽다가 나는 조용히 밖으로 나왔다. 불이 난 곳은 투어 팀이 묵고 있는 온천장 숙소 2층이었다. 동해청과 이모의 휴대전화 번호를 눌렀다. 신호는 가는데 받지 않았다. 불길함이 엄습했으나 드러낼 순 없었다. 전세버스 기사에게만 먼저 간다고 알린 뒤, 나는 택시를 잡아타고 온천장 숙소로 갔다. 시커먼 연기가 멀리서도 보였다. 119구급차가 앵앵거리며 앞서갔다. 이면 도로로 들어서니 소방차가 뿜어내는 물줄기가 보였다. 길바닥엔 검은 물이 강물처럼 흘렀다. 유독가스를 흡입한 동해청과 이모는 지금까지, 그러니까 2년 가까이 망가진 폐 치료를 받고 있었다.

나는 경찰서에 불려 다녔고, J 여행사에선 잘렸다. 더 작은 여행사로 옮겼다. 출퇴근이 힘들다는 핑계로 원룸을 얻어 독립했다. 엄마의 깊어진 주름과 한숨을 견디기가 힘들어서였다. 옮긴 여행사에서는 드러내놓고 투어 일은 맡기지 않았다. 전문 가이드였던 나는 자괴감에 빠졌다. 선풍적으로 번지는 오지 트레킹 상품 개발에 참여하겠다고 나섰고 오지 답사도 자청했다. 도시를 떠나면 잡념도 사라질 거라 여겼다.

오지로 떠나기 전, 나는 동해청과 이모가 치료를 받는 병원에 갔다. 집중치료실에서 산소호흡기를 끼고 가쁜 숨을 쉬는 그녀의 손을 잡았다. 깡마른 손이 내 손을 움켜쥐었다. 눈을 감고 있어 자는 줄 알았는데 아니었다. 놀랐으나 내색하지 못했다. 모니터에 나타나는 산소포화도 수치를 읽으며 마음을 진정시켰다. 네-가 많-이 힘-들-지? 성대를 긁으며 나오는 가래 낀 목소리에 주저앉고 말았다. 고개를 수그리고 숨을 참았다. 얼굴이 벌게질 때까지 참다가 숨을 내쉬었다. 이모의 부탁을 들어주는 게 아니었다고 자책했다.

사과로 디톡스 하세요. 2층. 들고 있던 검은 비닐봉지에서 쪽지가 삐져나와 있었다. 신음을 흘리며 나는 언덕을 내려가는 이층여자를 보았다. 그녀의 다리가 사라졌다. 허리가 없어지고 등과 어깨가 가라앉더니 머리까지 어둠 속으로 빠져들었다. 섬뜩한 느낌에 뒤를 흘긋 돌아보았다. 산을 타고 어둠이 내려오고 있었다. 나는 서둘러 집 안으로 들어갔다. 말이 안 통하면 쪽지라도 보내자고 마음먹었다.

4

식탁 의자에 앉은 나는 손으로 턱을 받쳤다. 식탁으로 옮겨놓은 커피나무를 응시했다. 그 옆에 있던 감사 카드가 눈에 들어왔다. '틴텐' 고객에게 보내려고 묶음으로 사놓았던 카드였다. 감사 카드를 하나 빼냈다. 반듯하게 펼치고, 빈자리에 커피나무를 그렸다. 그 밑에 커피콩도 서너 개 그려 넣었다. 볼펜 똥이 흘러나와 커피콩에서 싹이 난 듯 보였다. 어떻게 말해야 탈 없이 끊어낼 수 있을까? 나는 볼펜을 딸각거리며 고민에 빠졌다. 쓸 말은 좀처럼 떠오르지 않았다.

과일은 그만 주세요.

써놓고 보니 너무 노골적이었고, 이미 여러 번 했던 말이었다. 그간의 감사 표시로 커피나무를 드립니다. 이것도 아닌데. 나는 문장을 쓰고는 그 위에 선을 죽죽 그었다. 이층여자의 아킬레스건은 무얼까. 바람 점퍼, 라고 썼다가 지웠다. 약한 곳을 공격하는 건 비겁했다. 볼펜을 잡은 손에서 땀이 났고, 카드는 볼펜 똥 탓에 얼룩덜룩해졌다. 새 카드를 꺼냈다. 결국 과일은 그만 주시면 좋겠다고 썼다. 감사의 표시로 직접 심은 커피나무를 드리겠다, 커피나무는 볕보다는 그늘을 좋아한다는 말로 마무리했다. 고작 두 줄 썼을 뿐인데 힘이 쫙 빠져나간 기분이었다.

감사 카드를 접으며 나는 넉넉한 몸통의 이층여자를 떠올렸다. 그녀는 자정쯤에 집에서 나갔다 새벽에 돌아왔다. 무슨 일을 하는지 궁금했으나 물을 기회가 없었다. 계단을 오르는 그녀의 발소리에, 삐걱거리는 문소리에, 변기 물 내리는 소리에 잠에서 깨곤 했다. 다시 잠들지 못하고 뒤척이며 욕을 해댄 적도 있었지만 나쁘기만 한 건 아니었다. 덕분에 지각을 면하기도 했으니까. 나는 조심스럽게 감사 카드를 커피나무 앞에 꽂았다.

두 손으로 화분을 받쳐 들고 계단을 올랐다. 이사 온 후, 2층으로 올라가는 계단을 밟는 건 처음이었다. 이층여자의 집 현관 앞에 서서 나는 심호흡을 했다. 커피나무의 여린 잎을 보며 잘 크라고 속삭였다. 조심스럽게 화분을 현관문 앞에 놓았다. 후다닥 계단을 내려와 집 안으로 숨어들었다. 시작부터 꼬인 거라고 꿍얼댔다. 몇 번 주다가 말겠지, 가볍게 생각한 게 문제였다. 처음엔 고마워서, 다음엔 거절하지 못해서, 그리고 미안해서, 만날 시간이 없어서 등등 계속 핑계를 댔다. 싫은 말을 못 하고, 거절에 서툰 성격도 일을 키웠다. 후회가 몰려왔다.

식탁 의자에 앉아 나는 멍하니 호크니의 그림을 보았다. 물보라가 허공을 적시고 있었다. 소방차가 물을 뿜어낼 때도 저런 물보라가 일었던가. 고개를 저으며 리모컨을 집었다. 손을 텔레비전 쪽으로 뻗어 전원 버튼을 눌렀다. 게임이라도 하듯 채널 버튼을 마구 눌러댔다. 텔레비전 화면이 조각조각 깨지면서 넘어갔다. 산소마스크를 쓴 동해청과 이모의 모습이 끼어들었다. 과일가게를 하는데 과일이 무서우니 어떡하냐. 엄마의 한숨과 탄식이 들렸다. 엄마는 잘 계실까? 중얼거리며 TV를 껐다. 식탁 위에 이마를 대고 엎드렸다.

5

발끝이 간질간질해서 바닥을 내려다보았다. 발가락 주변에서 검은 점들이 꿈틀거리며 기어가고 있었다. 기겁을 한 나는 두 발을 의자 위로 올렸다. 고개를 숙여 검은 점을 뚫어지게 응시했다. 초파리? 나는 커피나무부터 쳐다보았다. 커피콩에서 떡잎이 나온 지 한 달 정도 지났다. 어린잎은 해충의 공격에 취약했다. 떼를 지어 기어가는 초파리는 출격을 위해 이동하는 전투기 같았다.

후드티를 걸친 나는 서둘렀다. 벌레퇴치제나 에프킬라를 살 작정이었다. 약국을 찾아 이리저리 돌아다녔다. 약국을 세 군데나 지나왔으나 모두 문이 닫혀 있었고, 24시간 편의점은 너무 멀리 있었다. 약도 못 사고 돌아오면서 전봇대에 기대져 있는 쓰레기봉투 더미를 지났다. 쓰레기봉투 뒤에서 사람이 튀어나올 것 같았다. 주먹을 움켜쥐고 빠른 걸음으로 걸었다. 숨이 턱 끝까지 차올랐고 다리가 뻐근했다. 언덕 끝까지 올랐을 땐 눈앞이 노래졌다.

집에 들어온 나는 불이란 불은 다 켰다. 수건을 휘둘러 초파리를 쫓았다. 아지트가 어디냐며 눈을 부릅떴다. 보란 듯이 비행을 계속하는 초파리를 손으로 쳐냈다. 주방 부근의 구석구석을 샅샅이 훑었다. 싱크대와 식탁 사이 작은 공간에서 무덤처럼 봉긋해진 검은 비닐봉지를 찾았다. 끄집어당겼다. 물컹한 촉감이 손을 타고 몸으로 전해졌다. 벌레라도 던지듯 얼른 개수대 위로 팽개쳤다.

초파리 수십 마리가 날아올랐다. 〈더 큰 첨벙〉의 물보라 같았다. 나는 반사적으로 눈을 감았다 떴다. 검은 비닐봉지를 뒤집어 쏟자 무른 복숭아가 떨어졌고, 흑갈색 과즙이 손등을 타고 흘러내렸다. 수돗물을 틀어 손과 팔뚝, 눈과 코, 뺨까지 박박 씻었다. 흐물흐물 녹아내린 복숭아 찌꺼기를 치웠다. 검은 비닐봉지에 물을 가득 받아 흔들어 씻었다. 초파리는 여전히 땀범벅이 된 내 곁을 떠나지 않았다. 초파리를 잡으려고 수도 없이 허공을 움켜쥐었으나 초파리가 나보다 더 빨랐다. 울화가 치밀었다. 검은 비닐봉지를 수도꼭지에 걸었다. 교수

형에 처하노라. 판결을 내리듯 선언했으나 화가 풀리진 않았다.

냉장고에 넣어둔 아이스 에스프레소와 초콜릿을 꺼냈다. 창문 앞으로 갔다. 방충망으로 달려드는 날벌레를 째려보았다. 초콜릿을 베어 물고, 에스프레소를 마셨다. 달고 쓴 묘한 맛이 그때의 기분과 맞물렸다. 커피잔으로 방충망을 지그시 밀었다. 방충망에 달라붙어 있던 나방과 하루살이, 날벌레들이 날개를 퍼덕이더니 더 단단히 달라붙었다. 중독이야. 듣든지 말든지 알려줬다.

날카로운 빛이 창밖의 어둠을 둘로 갈랐다. 아니 세상을 두 동강 내고 지구 한가운데를 뚫고 들어갔다. 곧이어 산이 무너지는 소리가 들렸다. 냉한 습기가 달려들었다. 나는 서둘러 창문을 닫고 물이 흥건한 바닥을 발걸레로 닦았다. 거대한 빙하가 또 깨진 모양이었다.

6

겉모습만 보면 축제 같았다. 만국기가 펄럭였다. 블랙핑크의 노래가 메들리로 흘러나왔다. 매장 앞에 세워둔 바람 인형은 쉬지 않고 인사를 했다. 옷걸이에 걸린 옷이 춤을 추며 사람을 불렀다. 바짓가랑이는 탭 댄스라도 추듯 타닥거렸다. 피겨 스케이팅 선수가 비상하며 회전하는 것처럼 도는 옷도 있었다. 마지막 영혼까지 끌어모아 팝시다. '틴텐' 사장이 비장하게 외쳤다. 그러나 축제를 즐기려는 사람들은 나타나지 않았다.

사이즈가 다 빠졌어. 직원용으로 빼놓은 거 줄게.

거짓말을 참말처럼 하는 팀장 옆에서 나는 고개를 끄덕였다. 그녀의 뻔뻔함을 존경하고 경탄했다. 팀장의 말을 나지막이 흉내 내면서 휴대전화 액정을 밀었다. 연락처를 죽 훑었으나 누구에게도 연락하고 싶지 않았다.

남녀 대여섯 명이 우르르 몰려 들어왔다. 복장을 보니 산행을 마치고 오는 일행인 듯했다. 그들은 시원하다, 를 연발하며 몰려다녔다. 기능성 셔츠를 입고, 모자를 쓰고, 운동화를 신고는 아무 곳에나 벗어놨다. 너는 역시 빨간색이 어울린다느니, 너무 꽉 끼어서 안 되겠다느니, 이게 트리플 엑스라지가 맞느냐느니 떠들며 히죽거렸다. 멀찌감치 떨어져서 나는 그들을 뒤따라갔다. 악. 외마디 소리에 고개를 돌렸다. 여자와 남자가 부딪치는 장면을 목격했다.

엉거주춤한 자세로 어떡해, 어떡해, 라고 외쳐대는 여자와 눈이 마주쳤다. 내 눈이 휘둥그레졌다. 바닥엔 검은색에 가까울 만큼 진한 보랏빛 포도송이가 담긴 검은 비닐봉지가 떨어져 있었다. 그것은 풀이 죽어 음전한 짐승처럼 가만히 있었으나, 내 눈에는 포도송이가 사방으로 데굴데굴 구르고, 터진 포도알에서 진한 과즙이 흘러 매장 바닥을 적시는 것처럼 보였다. 포도의 기습, 포도에 의한 내란에 나는 아연했다.

여기서 일하는구나. 이층여자가 내 손을 덥석 잡았다. 이산가족이라도 만난 듯 감격한 표정이었다. 어쩔 줄 몰라 우물쭈물하고 있는 사이, 팀장이 쓰레받기와 빗자루, 대걸레를 들고 와 바닥을 닦았다. 그제야 정신이 든 나는 잡힌 손을 빼냈다. 포도송이가 담긴 검은 비닐봉지를 집는 이층여자를 보았다.

잘 오셨어요. 오늘이 세일 마지막인데.

마음에도 없는 말을 하면서 기능성 점퍼를 가리켰다. 땀배출 기능이 첨가되었고, 신축성이 끝내준다고 말했다. 마법 같아요, 안 사면 두고두고 후회하실 거예요. 입술에 침을 발라가며, 거짓말도 섞어가며 말했다. 그럼 한번 입어볼까. 솔깃한지 이층여자가 옷걸이를 들고 피팅룸으로 갔다. 내게 따라오라고 손짓하면서.

어때? 솔직하게 말해요.

기능성 점퍼를 입은 이층여자는 머뭇거리는 나를 재촉했

다. 그럴수록 내 입은 떨어지지 않았다. 경우의 수를 따지느라 머릿속이 분주했기 때문이었다. 키도 크고, 적당히 볼륨도 있고, 몸매가 정말 딱 균형이 잡혀서. 억지 말을 하는 내 목소리에선 윤기가 사라져갔다.

옷 판매는 처음이지?

점퍼를 벗으면서 이층여자가 물었다. 다 안다는 태도였다.

태장 시도 처음인 것 같은데 여기가 물은 좋아. 나라님들도 태장 시로 온행을 왔을 정도니까. 뭐 알고 있겠지만.

이층여자는 묻지도 않은 말을 했으나 나는 대꾸하지 않았다. 어쨌든 오늘은 옷을 파는 게 급선무였다. 입는 옷마다 퇴짜를 놓던 이층여자는 결국 등산용 양말 다섯 켤레 세트를 샀다. 씻어서 잼을 만들 거라며 포도가 든 검은 비닐봉지를 챙겼다. 짓눌린 포도송이를 보며 나는 동해청과 이모가 준 과일을 보는 것 같았다. 속이 울렁거렸다. 이층여자를 따라 밖으로 나갔다. 인사를 하고 들어오는데 팀장이 아는 여자였느냐고 물었다.

집주인이에요.

운동화 앞축으로 바닥을 누르며 나는 심드렁하게 대답했다. 오지 않는 손님을 기다렸다.

매장 문을 닫고 다들 할 말이 많은 표정으로 퇴근 준비를 하고 있었다. 사장이 직원을 불러 모았다. 얼마나 버틸지 모른다고, 미안하지만 다른 일자리를 알아보라고 통보했다. 어느 정도 예상한 일이었으나 분위기는 냉랭해졌다. 나는 바닥만 내려다보았다. 엄마와 동해청과 이모가 있는 도시로 돌아가야 하나 망설였다. 그러나 용기가 나지 않았다.

7

마음을 다잡은 나는 어둑한 계단을 올라갔다. 위로 올라갈수록 마음은 내려앉았다. 2층 현관문 앞에서 맞잡았던 손을 풀고 초인종을 눌렀다. 차렷 자세로 기다렸지만, 기척이 없었다. 복도 쪽 창문으로 가서 안을 기웃거렸으나 불빛은 보이지 않았다. 현관문의 손잡이를 돌려봤다. 꿈쩍도 하지 않는 것을 확인하고는 터덜터덜 계단을 내려왔다.

발을 디딜 때마다 부은 발등이 아팠다. 내려오다 멈춰서서 운동화 뒤축을 꺾어 신었다. 먹잇감을 발견한 모기들이 왱왱대며 달려들었다. 팔뚝과 목덜미를 긁으며 내일은 꼭 에프킬라를 사야겠다고 다짐했다. 매장에서 들었던 이층여자의 말을 곱씹었다. 한두 사람만 건너면 다 친구라는 게 정말일까. 태장 시로 온 게 잘못이었을까. 동해청과 이모는 좀 나아졌을까. 엄마에게라도 연락해야 할까. 무급 휴직은 언제 끝날까. 계단을 다 내려왔으나 잡념은 꼬리를 물었다.

드릴 말씀이 있어서요. 편한 시간 말씀해주세요. 저는 아무 때나 좋아요. 1층.

꾹꾹 눌러 쓴 포스트잇을 들고 나는 다시 계단 앞에 섰다. 계단을 오르는 다리에 힘이 두 배로 들어갔다. 현관문까지의 거리가 더 멀게 느껴졌다. 손잡이 바로 위에 포스트잇을 붙였다. 이렇게까지 해야 하나 자괴감이 몰려왔다. 한여름에 온천을 해봤냐고? 미쳤다. 허공에 대고 나지막이 뇌까렸다.

언니. 모습은 보이지 않았으나 이층여자의 목소리가 들렸다. 나는 입을 막았다. 어디 있는 건데? 내가 열 살이나 어린데, 이름도 알면서 왜 언니라고 부르나? 강미진. 예쁜 이름이긴 한데 미진이라면 티끌이라는 말이냐, 뭔가 부족하다는 말이냐고 묻기까지 했으면서. 나는 이마를 찌푸렸다가 이내 표정을 정리했다. 사회생활에서 배운 미소를 지으며 산책하고 오느냐고 물었다.

2층엔 왜 갔느냐면서도 이층여자는 종량제봉투를 흘끗거렸다. 곧 치울게요. 나는 쥐구멍이라도 찾는 듯한 목소리로 말했다.

락스 냄새가 코를 찔렀다. 소독이라도 당하는 기분이었다. 2층은 좀 더 심각하네. 안 쓰는 수술실 같아. 나는 슬쩍슬쩍 코밑을 비비면서 생각했고, 눈치껏 이곳저곳을 훑어보았다. 2층 내부는 1층보다 더 좁고, 낡고 휑했다. 집 안의 물건 하나하나는 오랫동안 제자리에서 떠나본 적이 없는 것 같았다. 그러나 내가 준 커피나무 화분은 보이지 않았다. 끊임없이 이어지는 보라색 문양의 벽지, 길이 들어 반질거리는 재래식 장판, 흠집이 그대로 드러난 식탁과 의자, 유행에 한참 뒤처진 TV 세트, 색이 바랜 커튼, 앉은 자국이 선명한 1인용 소파는 나를 내가 떠나온 공간으로 끌고 갔다. 모른 척하고 엄마 집으로 들어갈까. 잠깐이지만 머릿속에 수많은 생각이 들락거렸다.

둥근 갓을 쓴 등이 식탁 위를 비췄다. 촉이 낮은 주광색 등의 누르스름한 기운이 집안을 아늑하게 만들었다. 잊어버렸던 은은한 따뜻함이 식탁 의자를 감쌌다. 나는 원래는 밝은 파란색이었을, 이제는 거무스름해진 둥근 갓 가장자리를 올려다보았다. 고운 먼지가 지나온 시간만큼 소복하게 쌓여 있었다. 락스 청소까지 해도 놓치는 부분이 있구나, 싶었다.

좀 썰렁하죠? 난 넘치는 것, 아니 남는 걸 못 참아요.

깔끔하고 좋은데요.

친구가 무화과를 보냈어. 상처 난 것들인데 사실 맛은 그런 게 더 좋아. 무화과 차 어때요? 내가 직접 만들었어요.

전 뭐든지 잘 마셔요.

싫었지만 나는 거절할 수 없었다. 싱크대로 걸어가는 이층 여자의 넓적한 등에 대고 다소곳이 말했다. 그녀의 만족스러운 표정을 상상했다.

그녀는 유리컵을 수돗물에 씻었다. 얇게 저민 무화과를 유리컵에 넣었다. 차분하게 차를 타는 모습이 다른 사람 같았다. 멍하니 앉아 있기도 민망하고 어색해서 나는 일어섰다. 여자 옆으로 가 섰다. 제가 도울 거라도. 조심스럽게 말을 붙였다. 없어요. 금방 하는데 뭐. 그녀는 액즙을 유리컵에 따르고, 냉장고에서 얼음을 꺼내느라 바빴다.

밤마다 나가시던데요.

청소. 밤 청소를 해요.

그러시구나. 힘드시지 않으세요?

생각하기 나름인데 할 만해요. 1인 기업이라 눈치 볼 필요도 없고, 방해하는 사람도 없고. 더러웠던 곳이 깨끗해지면 뿌듯하기도 하고.

유리컵에 긴 스테인리스 찻숟가락을 꼽고 이층여자는 유리컵을 나무쟁반에 올려놓았다. 찰그랑거리는 얼음과 불그스름한 액체가 투명하게 뒤섞였다.

가슴이 뻥 뚫릴 거야.

그녀의 목소리엔 자신감이 넘쳤다.

유리컵 속에서 일렁이는 핑크빛을 흘끔거리며 나는 그녀 뒤를 졸졸 따라갔다. 식탁 밑에 놓인 골판지 박스를 보았다. 박스 사이에 아무렇게나 던져놓아진 검은 비닐봉지 더미가 눈에 띄었다. 얼른 눈길을 돌렸다.

천천히 마셔요. 유리컵을 탁자 위에 놓은 이층여자가 낡은 간이 의자를 밀고 왔다. 우리 둘이 오붓하게 마주 앉아보긴 처음이죠? 이렇게 있으니 진짜 친구 같네. 이층여자는 유리컵 겉면을 타고 흐르는 물기를 휴지로 닦았다. 지나가는 말처럼 커피나무는 제자리에 갖다 놨다고 했다. 내가 치우는 건 잘하는데 키우는 건 젬병이라서 말야. 그녀는 모든 건 자기가 있어야 할 자리가 있는 법이라고도 했다. 나는 예의상 고개를 끄덕였고, 허벅지에 올려진 손을 꽉 쥐었다. 손바닥을 찌르는 통증을 느끼며 입을 열었다.

방을 뺐으면 싶어서요.

왜? 무슨 일 있어요?

훅 들어오는 질문에 나는 뜨끔했다. 검은 비닐봉지 때문이라고 말할 순 없었다. 그 안에 든 과일 때문이라고는 더더욱 밝힐 수 없었다. 초파리가 거슬린 탓이라고도 털어놓지 못했다. 한두 사람만 건너면 다 안다는 이층여자의 말이 은근 신경 쓰였다는 말도 함구했다. 남은 계약 기간을 상기했다. '틴텐' 매장이 문을 닫는다고 솔직하게 말해야 하나 망설였다. 달싹거리는 입을 미소로 제지했다. 선납한 월세를 얼마라도 되돌려받으려면 입조심은 필수였다.

세입자는 직접 구하는 게 빠를 거야.

이층여자가 얼음을 우적우적 씹으며 사무적으로 말했다. 돌연 내게 얼굴을 들이댔다. 비밀 정보라도 캐는 것처럼 별일 없느냐, 알바 자리를 알아보느냐고 넘겨짚었다. 자신이 알아봐 줄 수 있다고도 했다. 그녀의 입이 유독 커 보였다.

선뜻 답하지 못하고 나는 찻숟가락으로 유리컵을 휘저었다. 맑은 핑크빛 액체에 떠다니는 투명한 얼음이 달그락거렸다. 녹아내리는 얼음덩이가 내 마음 같았다.

마셔봐. 달고 시원해요.

이층여자의 채근에 유리컵을 들었으나 마실 기분이 아니었다. 마라탕을 먹는 심정으로 유리컵을 입술에 댔다. 쨍한 차가움에 가슴이 얼어붙었다. 밥은 먹고 다니냐는 질문을 받았다. 그럼요. 느닷없는 물음에 태연하게 대답했다.

9

계단을 내려온 나는 뒷산으로 발길을 돌렸다. 이사 올 땐 날마다 걸을 생각이었는데 여태 지키지 못했다. 뒷산으로 통하는 길은 좁고 어두운 미로 같았다. 게다가 호젓하기까지 했다. 나뭇잎 사이로 언뜻언뜻 들어오는 가로등 빛이 어둠 속에 밝은 얼룩을 만들어주고 있었다. 오지를 걷던 기억이 새록새록 떠올랐다. 오지를 탐사하는 기분으로 길 끝이 어디쯤일까 가늠했다. 어둠만 보였다.

발부리가 뭔가에 걸려 몸이 앞으로 쏠렸다. 순간적으로 나는 옆에 있던 나뭇가지를 잡았다. 가시가 손바닥을 찔렀다. 머리로 피가 확 몰렸고, 온몸의 근육이 일시에 곤두섰다. 통증이 온몸으로 번졌다. 휴대전화 플래시를 켜고 흙길과 덤불 여기저기를 비췄다. 덤불 밑에 엎어져 있는 커피나무 화분을 발견했다. 화분 위로 뻗어 나온 넝쿨손이 허공에서 건들거렸다. 발목을 휘감을 듯 길게 뻗은 넝쿨손을 피하려고 나는 다리를 널찍이 벌렸다. 화분을 똑바로 세웠으나 커피나무는 없었다. 온몸에서 기운이 쫙 빠져나갔다.

덤불 너머는 숨 막히게 복잡했다. 무엇이 있을지, 길이 어디까지 이어져 있을지, 도중에 얼마나 많은 장애물이 있을지는 종잡을 수 없었다. 플래시 빛을 따라 날벌레가 달려들었다. 먼 곳에서 개가 짖었고, 정체를 알 수 없는 동물들이 울었다. 그러나 어둠에 잠긴 숲의 표정은 볼 수 없었다. 나는 산책을 포기하고 집으로 돌아왔다.

냉장고 앞에 섰다. 냉장고 문에 붙은 쪽지를 손으로 휙 쓸어냈다. 바닥에 떨어진 쪽지를 발로 밀어 쓰레기통 근처로 몰았다. 냉장고에 있던 검은 비닐봉지를 남김없이 꺼냈다. 초파리가 뭉텅이로 날아올랐다. 시큰하고 들큼한, 또는 퀴퀴하고 구린, 복합적인 냄새가 번졌다. 싱크대에 검은 비닐봉지를 뒤집어 쏟았다. 썩은 물이 되어가는 과일과 채소가 떨어졌다. 검은 반점으로 뒤덮인 토마토, 푸른곰팡이가 핀 오렌지, 물러버린 호박 등등. 아주 상큼해요. 방울토마톱니다. 나누면 기분이 좋잖아요. 비타민을 드립니다. 오염된 쪽지도 같이 떨어졌다.

수돗물을 한껏 틀었다. 과일, 채소, 쪽지, 냄새가 일시에 씻겨가길 바랐다. 그러나 하수구 거름망이 막혔고, 싱크대는 시궁창으로 변했다. 고무장갑을 찾아 낀 나는 흐물거리는 과일 찌꺼기, 처지고 찢긴 쪽지를 한데 모았다. 검은 비닐봉지에 쑤셔 담았다. 나머지 검은 비닐봉지는 말끔하게 씻었다. 탁탁 털어 입구가 밑으로 가도록 엎어놓았다. 그 와중에도 살아남은 초파리가 달려들었다.

바지춤에 손을 닦고 나는 휴대전화를 켰다. 고속버스 앱을 열었다. 목적지를 자세히 보지도 않고 아무 곳이나 클릭했다. 편도 티켓 구입을 눌렀다.

추락

검은 물체가 유리벽을 스치며 떨어졌다. 줄이 흔들렸다. 줄에 매달린 내 몸도 따라 출렁거렸다. 줄을 잡은 손을 움켜쥐다가 비누 거품이 묻은 스펀지 봉대를 놓칠 뻔했다. 식겁한 나는 안전판에 매달아 놓은 청소도구부터 훑었다. 스퀴지, 고무장갑, 옆구리 통은 제자리에 있었고, 안전줄과 여분의 안전판도 멀쩡했다. 마스크를 턱 밑으로 내리고 숨을 골랐다. 머리와 부리, 날개 자국이 선명한 유리벽을 들여다보았다. 가볍게 흔들리는 가느다란 털을 떼어냈다. 새였나. 꿍얼대며 스펀지 봉대를 옆구리 통에 넣고, 스퀴지를 집었다.

유리벽에 스퀴지를 밀착시키고 구정물을 밀어 내렸다. 요즘 검은 양복에 흰 운동화가 유행이냐. 내 왼쪽에서 줄을 타는 마 사장이 물었다. 79층 높이의 케이 빌딩 앞에서 일인시위를 하는 남자를 말하는 것 같았다. 나는 못 들은 척했다. 섣불리 대답했다간 나까지 도매금으로 넘어갈지 몰랐다. 스퀴지의 날 선 면을 마른 수건으로 닦는데 휴대전화 진동이 울렸다. 팔꿈치로 조끼 주머니를 눌렀다.

새대가리야? 작업 중 휴대전화 사용 금지.

마 사장이 버럭 화를 냈다. 귀도 밝으시네. 별것도 아닌데 화를 내는 게 아무래도 수상쩍었다. 불똥이 어디로 튈지 알 수 없었다. 나는 진동이 빨리 끊기기를 바랐다. 보나 마나 안부처럼 독촉 문자를 보내는 마고일 것이다. 확인도 하기 전에 이미 기분은 언짢았다. 꼬박꼬박 이자를 내는데도 그는 계속 쪼아댔다. 원금을 갚지 못하면 각오하라는 엄포까지 놓았다.

나는 유리벽에 비친 하늘을 보았다. 비행운이 하늘을 쪼개며 지나갔고, 내 눈은 비행운을 따라갔다. 비행운을 경계로 하늘의 이쪽과 저쪽이 묘하게 달라 보였다. 비행기는 보이지도 않았으나 조종석에 앉은 희진을 보는 착각에 빠져들었다. 입꼬리가 저절로 올라갔다. 흩어지는 비행운을 향해 안전 비행, 이라고 외쳤다. 엄지를 척 들어 올렸다.

비행운이 사라지자 풍경이 눈에 들어왔다. 유리벽엔 경계

면이 번지고 어긋난 크고 작은 빌딩이 겹겹이 솟아 있었다. 도시 밖에서 도시를 조망하는 기분이 들었다. 나쁘지 않았다. 아무나 할 수 있는 경험은 아니니까. 겹쳐지고 뭉그러져 보이는 빌딩 사이로 노란 안전모가 떠다녔다. 줄에 몸을 의지한 채 케이 빌딩의 외벽에 매달린 내 모습이었다. 우주정거장에서 우주선 밖으로 유영을 나선 우주비행사라 해도 믿을 만했다.

철수하라는 마 사장의 외침에 나는 어리둥절했다. 노란 안전모 위로 빗방울이 톡 떨어졌다. 이 정도의 비에 작업을 중단하다니 의외였다. 잘못 들은 줄 알고 일을 계속했다. 빗방울이 유리벽을 때렸다. 비누 거품과 뒤섞여 팻물처럼 흘러내렸다. 유리벽에 들어가 있던 고층 빌딩들을 뭉그러뜨리고 무너뜨렸다. 노란 안전모도 깨뜨렸다. 그러나 이슬비 정도였고, 비 예보도 없었다. 적당한 비는 작업능률을 올려준다는 사실을 마 사장이 모를 리 없었다. 빗물은 햇볕에 찌들고 바람에 눌린 때를 불려준다는 것이 그의 지론이었다. 반나절만 일해도 일당을 줘야 한다는 것 또한 잘 알 터였다. 나는 뚱 아저씨를 쳐다보았다. 작업을 중단하는 게 맞느냐고 입으로 물었다. 내 말을 잘 못 알아들은 뚱 아저씨는 더 해도 된다며 마 사장을 말렸다. 이럴 때 나도 한마디 거들어야 하나, 고심했으나 나는 입을 다물었다.

철수하란다고 덥석 먼저 올라갈 순 없었다. 나는 줄에 매달린 채 뚱 아저씨를 주시했다. 그는 고무장갑부터 벗어 엉덩이 밑에 찔러 넣었다. 샤클을 조절하고, 나를 보면서 손을 들어 올렸다. 줄을 다룰 땐 손맛을 느끼는 게 우선이야. 힘들이지도 않고 줄을 말아 쥐었다. 민첩하고 정확한 손동작이었다. 그는 줄을 살살 당겨가며 평지를 걷듯 줄을 타고 올라갔다. 외벽 청소 전문가다웠다.

이젠 내 차례였다. 나는 눈썹 사이로 흘러내리는 빗물을 쓸어냈다. 바지춤에 손의 물기를 닦았다. 흡, 숨을 내뱉고 줄을 말아 잡았다. 아귀에 힘을 모으고 줄을 당겼다. 손맛은커녕 미끄덩거림만 심해졌다. 손바닥이 찢어질 듯 아팠고 손목이 시큰거렸다. 위를 보았다. 빤히 보이는데도 옥상은 닿을 수 없는 곳처럼 느껴졌다. 버벅거리는 모습을 들키지 않으려 나는 태연한 척했다. 그래서 더 힘들었다. 장화 발로 유리벽을 밟고는 숨을 토해냈다.

전방주시. 눈을 부릅뜨고 앞을 보라고. 어깨에 힘 빼고. 줄을 밀어. 옥상 난간에 기대선 뚱 아저씨가 소리쳤다. 그러니까 다섯 번이나 떨어지지. 뚱 아저씨는 툭하면 주행시험에서 떨어진 나를 놀려먹었다. 차도 없으면서 운전면허증은 뭐하러 따느냐고 물었다. 사실이니 반박할 수도 없고 나는 얼굴만 벌게졌다. 차를 몰고 싶다는 말이 목구멍까지 치올랐으나 삼켰다. 뚱 아저씨의 코치에 당황한 나는 평정심을 잃었고, 줄에 매달려 버둥거렸다. 머릿속으로는 올라가는데 몸은 요동을 치며 뚝뚝 떨어졌다.

철수 완료했습니다.

마 사장의 보고를 들으며 나는 줄을 끌어 올렸다. 옥상 모서리까지 줄을 끌고 가서 훌라후프 모양으로 돌돌 말았다. 비닐 천막으로 덮고, 20킬로들이 물통을 올려 귀퉁이를 단단히 눌렀다. 나머지 청소도구까지 정리하고 나니 온몸이 녹작지근했다. 조끼 안주머니에서 담배를 한 개비 꺼내 불을 붙였다. 뒤돌아서서 한 모금 깊게 빨았다.

잘리고 싶어? 언제 올라왔는지 하 팀장이 눈을 부라렸다. 금연빌딩인 줄 모르느냐고 덧붙였다. 내뿜으려던 담배 연기를 꿀꺽 삼키며 나는 손톱으로 담뱃불을 껐다. 옥상도 빌딩의 일부인 건 맞았으니까. 기침이 터져 나왔고 목구멍이 쓰라렸다. 승진심사에서 떨어졌던 하 팀장은 가점을 받으려고 금연캠프까지 다녀왔다고 했다. 억지로 담배를 끊고부터 까칠해졌다더니 소문이 맞았다. 나는 꽁초를 바지 주머니에 쑤셔 넣었다. 옥상 문 안쪽으로 들어섰다. 비바람이 뭉텅뭉텅 들이쳤고 물비린내가 몸을 핥고 지나갔다.

하 팀장이 빗속으로 뛰어나갔다. 서너 발짝 내딛기도 전에 우비에 달린 모자가 훌러덩 벗겨졌다. 줄을 쌓아놓은 곳까진 가지도 못하고 되돌아왔다. 고개를 흔들고 제자리 뛰기를 하며 물을 털어냈다. 내겐 눈길도 주지 않은 채 줄은 잘 덮어놨느냐고 물었다. 두말하면 잔소리였다. 줄이 없으면 일을 못한다는 것쯤은 나도 안다. 비비 꼬인 줄이 나보다 귀한 몸인 것도. 나는 쫄딱 젖어도 줄은 두툼한 비닐 천막으로 씌워놓는 이유였다. 오버라고 꿍얼거리며 나는 고개를 끄덕였다.

내 등 뒤로 바짝 붙어선 뚱 아저씨가 어깨를 톡톡 두드렸다. 너도 오늘 검은 양복 봤어? 두루마리 휴지를 계속 바닥으로 굴린다던데. 귀에 대고 나지막한 소리로 물었다. 뉴스 속보라도 전하는 것처럼 진지하고 심각했다. 긴 꼬리를 나풀거리며 굴러가는 두루마리 휴지가 눈에 보이는 것 같았다. 굴러가다 사람들 발에 차이는 것도. 비에 젖어 흐물흐물 녹아버리는 것도. 그게 왜요. 반문하던 나는 하 팀장의 말에 고개를 돌렸다.

나온이 사무실로 보내세요.

까닭을 모르는 나는 어리둥절했다. 마 사장을 향해 고개를 돌렸으나 뒤돌아선 모습만 보았다. 비에 젖어 몸에 쫙 달라붙은 작업복은 마 사장의 등과 굽은 어깨, 다리를 적나라하게 드러냈다. 20년 동안 줄을 탄 몸은 균형이 깨져 있었다. 나도 저렇게 구겨지려나. 중얼거리다 고개를 저었다. 걱정한다고 달라지는 것은 없었다. 뚱 아저씨에게 눈을 돌렸다. 그 역시 딴전을 부렸다. 분위기가 이상한 게 일부러 나를 피하는 느낌이 들었다. 돌연 눈이 시었다. 답답하거나 억울할 때마다 눈이 먼저 반응하는 건 여전했다. 찜질방에서 땀을 빼면서부터 생긴 버릇이었다.

연 이틀째 폭설이 쏟아지던 지난 12월, 나는 보험 가입을 거절하다 잘렸다. 배달만 잘하면 된달 때는 언제고. 오토바이 값과 맞먹는 보험료가 없었던 나는 홧김에 당근 마켓 배달원에게 오토바이를 팔아치웠다. 속이 시원할 줄 알았는데 헛헛하고 쓰라렸다. 찜질방에서 며칠을 죽쳤다. 남녀노소, 지위고하 가리지 않고 똑같은 땀복을 입는 찜질방이 마음에 들었다.

사막만큼이나 건조하고 뜨거운 소금방에 혼자 누워있을 때였다. 뚱 아저씨가 들어오더니 아들, 하며 식혜를 건넸다. 방글라데시에서 왔다는 그와는 찜질방에서 몇 번 마주친 게 전부였다. 아무나 아들이래. 나는 아들이라는 말이 거슬렸다.

한국에 일하러 온 아버지는 내가 태어나기 두 달 전에 추락사
고로 죽었다고 했다. 엄마는 동네 할머니에게 갓난아이인 나
를 맡기고는 찾지 않았다. 세탁소에 세탁물을 맡기고 까맣게
잊어버린 것처럼. '나온'이라는 이름을 얻었고, 피 한 방울 섞
이지 않은 할머니의 손자가 되었다. 할머니까지 죽자 여기저
기 떠돌아다녔다. 손사래를 치며 나는 식혜를 거절했다. 식혜
한 캔 얻어 마시고 사기를 당할지도 몰랐다. 웃으며 다가와
친한 척하다가 급소를 치고 팔을 비트는 사람이 넘치는 세상
이었다.

씻고 가라. 이도 좀 닦고. 마스크는 있냐?

노골적으로 지적하는 마 사장을 흘끗 쳐다보았다. 하 팀
장이 부르는 이유를 묻고 싶었으나 입이 떨어지지 않았다. 눅
눅해진 청바지를 입고 배낭을 챙겼다. 옥상 아래층의 화장실
로 갔다. 거울 속의 나를 보며 손바닥으로 입을 가렸다. 숨을
들이쉬고, 내쉬면서 내 입에서 나는 냄새를 맡았다. 사람마다
자신만의 냄새가 있는 건 당연하지 않나? 입을 헹구면서 내게
물었다. 두루마리 휴지를 둘둘 풀어 입가의 물기를 닦았다.
뚱 아저씨가 소변기 앞에 서서 엉겨 붙은 곱슬머리도 단정히
빗으라고 말했다. 별걸 다 트집 잡는다고 하려다 참았다. 겉
모습이 중요하다는 말이구나 싶었다. 마스크를 쓰고 내려가는

화물 엘리베이터에 탔다.

종합관리실 앞에서 나는 허리를 꼿꼿이 세웠다. 똑, 똑. 문을 두드리고는 조심스럽게 문을 옆으로 밀었다. 문이 드르륵 열리면서 벽 같은 등이 나타났다. 이중벽인가? 내 말을 들었는지 등이 휙 돌았고, 충혈된 눈이 나를 쏘아보았다. 기세에 밀린 나는 엉겁결에 한 발짝 물러섰다. 얕은 신음을 내뱉으며 눈을 찡그렸다. 한주먹도 안 돼 보이는 새끼고양이가 남자의 손에서 대롱거렸다.

댁이 던진 겁니까?

네? 아니요. 전 아닙니다.

손사래를 치는 내게 남자는 깁스한 발을 가리켰다. 보시다시피. 눈을 부라렸고, 거친 숨을 내쉬는지 마스크가 들썩거렸다. 기분이 더럽다고 투덜댔다. 화를 내며 말했으나 그는 얼굴도 몸도 둥글둥글했다. 새끼고양이를 바닥에 내려놓는 손놀림도 조심스러웠다. 움츠러들었던 나는 조금 안도했다. 그러나 속단은 금물이었다. 겉모습만 보는 단순 셈법 탓에 뒤통수를 맞은 게 한두 번이 아니었으니까.

두 손을 모으고 서서 나는 최대한 예의를 갖췄다. 혹시 아까 떨어진 게… 그럴 리가. 머릿속엔 온갖 추측이 난무했고,

불길함이 서슴없이 끼어들었다. 생각은 예기치 못한 나쁜 상황까지 이어졌다. 섣부른 말 한마디에 범인으로 몰릴지도 몰랐다. 나는 하 팀장 책상 위를 기웃거렸다. 불러놓고 어디 간 거야. 그냥 가버릴까. 고민했다. 입술을 깨물며 남자의 눈치를 살폈다.

칫솔을 들고 오던 하 팀장이 걸음을 멈췄다. 눈을 크게 뜨고 입을 오므렸다. 남자와 나를 번갈아 보았다.

이게 뭡니까?

빌딩에서 누군가가 던진 거죠.

하 팀장의 이마에 주름이 잡혔다. 던지다뇨? 남자가 들이미는 휴대전화를 들여다보았다. 액정을 밀어가며 사진을 하나하나 유심히 보았다. 믿기지 않는 듯 고개를 저었다. 옆자리의 의자를 끌고 왔다. 남자에게 내주며 정중하게 앉으라고 권했다. 셀카를 찍는 중이었거든요. 발등에 돌이 떨어지는 줄 알았어요. 기억하기도 싫은데 그래도 신고는 시민의 의무라서요. 남자는 깁스한 발을 들썩거렸다. 머리를 맞았으면 어쩔 뻔했느냐고 목소리를 높였다. 사람이 할 짓이 아니죠. 하 팀장의 입가에 깊은 주름이 잡혔다. 놀랐겠다며 머리를 조아렸다. 남자의 연락처를 묻고, 메모지에 적었다. 명함을 내밀며 바로 연락드리겠다고 굽신거렸다. 다른 곳은 불편하지 않으냐, 병원에 가서 검사를 다시 받자고 말했다. 억지웃음을 흘리며 남자를 배웅하고 들어왔다. 지옥에라도 다녀온 사람 같았다.

나온. 따라와. 하 팀장은 서랍을 열었다. 거칠게 뒤적이더니 노트를 집어 들었다. 마스크를 쓰고는 앞장서서 사무실에서 나갔다. 영문도 모른 채 나는 그를 따라갔다. 사무실 앞의 긴 복도는 유독 어두컴컴했다. 동굴 같은 복도를 지나며 그는 누군가와 소리 죽여 통화했다. 복도 끝의 휴게실로 들어가 구석진 자리에 앉았다. 나는 그의 맞은편에 앉았다. 얼마 지나지 않아 마 사장이 급한 걸음으로 들어왔다. 숨이 차는지 헉헉거렸다. 마 사장에게 내 자리를 내주고 나는 옆에 앉았다.

마 사장이라면 믿겠어요? 시도 때도 없이 떨어지는 새도 지겨운데. 고양이 뒤치다꺼리까지 할 판이라니까. 환장할 일이지. 인스탄지 뭔지에 올리겠대요. 잡히기만 하면 손모가지를 비틀어버릴 겁니다. 내가.

하 팀장은 양손으로 목을 비트는 시늉을 했다. 안경을 벗고 눈을 문질렀다.

사실 낙하 사건은 새삼스러운 게 아니었다. 79층 높이의 케이 빌딩에는 어마어마한 사람들이 드나들었다. 사람들은 알게 모르게 다양한 것들을 떨어뜨리고 다녔다. 종이컵, 물티

슈 정도는 애교였다. 출입증, 안경, 고성능 이어폰 따위는 찾지 않는 사람이 더 많다고 했다. 액정이 박살 난 휴대전화와 아이패드, 심지어 노트북까지 떨어뜨린다고 들었다. 무엇이라도, 사람도 떨어뜨릴 수 있었다. 그러니 떨어지는 것을 가지고 호들갑을 떨 일은 아니었다.

처음에 나는 두루마리 휴지산도 낙하물로 만든 줄 알았다. 초현대식 빌딩 앞에 있는 하얀색 두루마리 휴지산이 신성한 설산처럼 보여서였다. 문명과 자연을 주제로 한 퍼포먼스인가. 지나는 사람들이 한 번씩은 눈길을 주었다. 휴지산 옆엔 남자가 서 있었다. 휴지가 되어버린 소모품 계약을 이행하라는 팻말을 들고. 남자는 언제나 검은 양복을 입고 흰 운동화를 신었다. 휴지산을 지나갈 때마다 나는 휴지의 개수가 궁금했다. 가끔은 휴지 속에 빈 박카스 병을 꽂아놓기도 했다. 식당에서 집어온 사탕을 놓고 두루마리 휴지를 집어 온 적도 있었다. 힘들겠어요. 슬쩍슬쩍 움직여요. 누구도 안 보거든요. 관심 없다니까요. 남자와 눈이 마주칠 때마다 알려줬다.

CCTV 돌리면 나오겠죠. 뭘 걱정하세요. 말은 태연하게 했지만, 마 사장은 떨리는 손끝을 감추려고 탁자를 톡톡 쳤다. 하 팀장 쪽으로 몸을 기울였다. 입을 가리고 무언가를 속삭이듯 말했고, 은밀한 눈빛을 주고받았다. 나는 두 사람의 심각한 표정을 살피며 조용히 앉아 있었다. 모르는 소리. 작정하고 꼬투리 잡으면 방법이 없어요. 털어서 먼지 안 나는 게 있나. 말을 하면서도 하 팀장은 손가락으로 머리통을 마구 긁어댔다. 일인시위자는 반년 넘게 난리 치고 있지. 나온 문제도…. 말을 하려다 나를 흘긋 쳐다보았다.

손거스러미를 뜯고 있던 나는 손을 털었다. 정신이 번쩍 날 만큼 아팠고, 피가 났다. 잘못 뜯은 모양이었다. 아픈 손을 입에 물고 질겅질겅 씹었다. 도대체 나는 왜 부른 거냐고 따지고 싶었지만 기다렸다. 나온은 내 말대로 합시다. 잘못하면 우리도 다치거든. 서류를 만들거나, 아예 없던 일로 하는 게 맞아요. 들통나지 않게 조심하고. 하 팀장은 마음대로 결론을 냈다. 들고 온 노트에서 종이를 꺼내 마 사장 앞으로 밀었다.

씁시다.

뭘 써요? 팀장님도 참. 프로끼리 왜 이러세요.

프로니까 써야지.

우린 줄 하나에 목숨을 거는 전문가예요. 나온인 또 다른 문제고요.

마 사장의 얼굴빛이 콘크리트 색깔로 변했다. 상식적으로 말이 되느냐고 따졌다. 잠시도 긴장의 끈을 놓지 못하는 게 고공 작업이에요. 제 몸 추스르기도 힘든데 고양이를 데리고 올라가다니. 절대 아니에요. 그럴 이유도, 여유도 없어요. 흥분했는지 그는 말까지 더듬었다. 알지. 나도 다 알아요. 그런데 지금 상식을 따질 때가 아니라니까. 하 팀장은 TV 뉴스에 나오고 싶냐, 다음 일은 안 할 거냐고 은근슬쩍 회유했다. 순식간에 훅 간다고도 했다. 마 사장은 찌푸린 얼굴을 손으로 쓸어내렸다. 두 손으로 머리통을 감싸 쥐었다.

나온. 마 사장이 다정하게 불렀다. 쓰자. 간단히. 나는 무슨 말이냐고 묻는 듯 그를 보았다. 절대 아니라면서 뭘 쓰라는 건지 의아해하며 백지를 받았다. 흰 종이가 뭐라고 손이 떨렸다. 얼굴이 달아올랐고 입이 말랐다. CCTV 확인이 먼저 아니냐고 말하려던 참이었다. 마 사장이 내 귀에 대고 속삭였다. 걱정하지 마. 불러주는 대로 받아쓰면 된다고, 형식적인 절차일 뿐이라고 강조했다.

고양이를 떨어뜨린 건 실수였다, 필요한 책임은 지겠다고 불러줬다. 가슴 속에선 불이 솟구쳤으나 내 손은 마 사장의 지시대로 움직였다. 손이 떨렸고 글씨도 따라 삐뚤거렸다. 볼펜 똥이 흘러나와 글자를 더럽혔지만 내버려두었다. 마 사장의 주둥이를 볼펜 똥으로 찍고 싶었다. 이름 쓰고, 사인하라는 말을 듣고는 볼펜을 탁 내려놓았다. 배낭을 들고 휴게실에서 뛰쳐나왔다. 화물 엘리베이터를 탔다.

옥상으로 올라갔다. 그새 빗줄기는 굵어졌고 바람까지 불었다. 나는 비를 맞으며 줄을 걷어찼다. 오른발을 들고 빙빙 돌았다. 엄지발톱이 소리도 지르지 못할 만큼 아팠다. 달릴 때 뛰어내릴 자신 있어? 무서우면 포기하고. 병기는 살금살금 약을 올렸다. 그때도 비가 추적추적 내렸고 길이 미끄러웠다. 나는 죽기 살기로 자전거 뒤에 올라탔다. 중심을 잡으려는 순간 바닥으로 내동댕이쳐졌고 정신을 잃었다. 그러게 뭐 하러 뛰어내려. 병기가 아니었으면 죽을 뻔했잖아. 나중에라도 만나면 고맙다고 해라. 쿨럭거리면서도 할머니는 담배를 깊게 빨았다. 나는 그게 아니라고, 잘 알지도 못하면서 넘겨짚지 말라고 소리치고 싶었다. 그러나 기운이 없었다.

뚱 아저씨가 비 맞지 말고 들어오라고 소리쳤다. 나도 여러 번 썼어. 그 말에 속이 더 뒤집혔다. 나도 했으니 너도 하라는 건 아니죠. 모가지가 여러 개 있는 것도 아닌데. 덩달아 내 목소리까지 커졌다. 쟤네들도 구리거든. 고용계약서. 그거 안 썼지? 검지로 자신을 가리키며 뚱 아저씨는 나만 믿으라고 말했다. 별일 없을 거라며 내 등을 토닥였다.

나온. 그래도 마 사장은 건들지 마.

왜요?

답답하기는. 정말 몰라?

뚱 아저씨는 조곤조곤 말을 이어갔다. 꼬리부터 자르는 게 이 바닥 생리야. 자르지 않는 건 같이 가자고 손을 내미는 거지. 못 이기는 척 잡아. 그는 빗물이 모여 배수구로 흘러가는 것을 가리켰다. 무겁고 축축한 침묵이 흘렀다. 뚱 아저씨는 찜질방이나 가자며 내 팔을 잡아끌고 화물 엘리베이터로 걸어갔다. 난 계단으로 내려갈게요. 비상구 표지 속의 뛰어가는 사람을 보며 나는 팔을 뺐다.

딱. 딱. 딱. 규칙적인 소리가 울려 퍼졌다. 검은 양복을 입은 남자가 벽을 보고 서 있었다. 10층과 9층 사이에 있는 비상구 표시 앞이었다. 흰 운동화를 본 나는 내 운동화로 시선을 돌렸다. 대림동 시장에서 산 내 운동화와 같은 상표였다. 지포 라이터를 딸각거리던 검은 양복이 뒤를 돌아봤다. 나를 보고는 바로 눈을 내리깔았다.

여긴 어쩐 일로. 검은 양복이 먼저 입을 뗐다. 그냥 운동 삼아요. 심드렁한 대꾸에도 고개를 끄덕여줬다. 사탕은 고마웠어요. 우는지 웃는지 알 수 없는 표정으로 말했다. 나는 고개를 까딱이고는 계속 내려갔다. 딱. 딱. 딱. 절규 같은 라이터 소리가 계단을 타고 굴러떨어졌다. 터벅터벅 내려가던 나는 이상한 느낌에 뒤를 돌아보았다. 검은 양복이 창문을 연

채 아래를 내려다보고 있었다. 후줄근한 검은 양복 안에서 두루마리 휴지를 꺼내더니 창문 밖으로 던졌다. 꼬리를 흔들며 떨어지는 두루마리 휴지가 보이는 것 같았다.

한강에 투신이라도 해야 할 판으로 시작하는 마고의 독촉 문자가 날아들었다. 나는 어금니를 물었다. 마고가 극단적인 상황으로 몰리는 것은 나 역시 원치 않았다. 빚은 퍼내도 다시 차는 샘물처럼 갚아도 갚아도 줄지 않았다. 아니 오히려 늘어났다. 뚱 아저씨에게 소개비를 찔러주느라 2백만 원을 빌린 게 전부였는데 갚을 돈은 5백만 원까지 늘어났다. 마고의 이상한 계산법에 따르면 그랬다. 나는 불길해, 무섭다고, 까지 읽다가 문자를 지웠다. 어깨에 멘 배낭을 추켜올렸다. 일당을 받으면 얼마라도 갚아야겠네. 계단을 내려가며 생각했다.

계단 난간에 기대서서 아래쪽을 내려다보았다. 어둠에 잠겨 있는 바닥은 멀게만 느껴졌다. 낮엔 허공에 매달려 유리벽을 닦고, 밤엔 땅 밑으로 기어들어 가는 일상이 한 달 이상 계속되었다. 그러고 보니 비가 고마웠다. 땀이라도 뺄 겸 찜질방으로 가야겠다고 마음먹었다. 이어폰을 귀에 꽂았다. 유튜브에서 노래를 검색했다.

휴대전화가 떨었다. 액정엔 경비행기 사진이 떴다. 희진? 내 입꼬리가 저절로 올라갔다. 예비 파일럿인 그녀를 나는 인터넷 카페인 '날사모'에서 알았다. '날사모'는 날고 싶은 사람들의 모임이다. 신의 직장을 때려치우고 그녀는 조종 훈련을 3년째 받고 있다고 했다. 의욕만 넘쳐서 1년 차 때 이륙하다 비상 착륙했잖아요. 6개월 훈련 정지 먹었죠. 포기란 없어요. 하늘을 날 건데 그 정도 대가는 치러라, 뭐 그렇게 여겼어요. 실수나 약점까지 선선하게 털어놓는 그녀의 솔직함에 나는 빠져들었다.

빨간 머플러를 목에 두르고 다녔다. 자동차 운전면허도 따지 못했지만, 하늘을 나는 꿈을 꿨다. 희진의 팬이, 열성 댓글러가 되었고, 그녀의 연습 비행 일정이 뜰 때마다 초대받고 싶다는 문자를 보냈다. 다음에 초대할게요. 거절을 밥 먹듯이 당했으나 포기하지 않았다. 이번에도 거절 문자였다. 아쉬운 마음에 나는 공중에서 하늘을 배경 삼아 찍은 셀카 사진을 보내고 케이 빌딩 후문으로 갔다. 밖을 내다보았다.

우산을 사야 하나 망설였다. 먼지 냄새가 섞인 비바람이 유독 나에게만 몰려왔다. 비를 피해 뒷걸음질 치던 나는 누군가의 발을 밟았다. 엉거주춤 발을 들고 뒤를 돌아보았다. 눈썹을 팽팽하게 모은 마 사장과 눈이 마주쳤다. 원수도 아닌데 왜 자꾸 만나는 거지. 짜증을 감추고 나는 그의 번들거리는 이마에 대고 고개를 숙였다. 죄송하다고 말하고는 도망치

듯 빗속으로 뛰어나갔다.

비는 그쳤으나 대기는 뿌옜다. 밤늦게까지 비를 맞으며 싸돌아다닌 게 화근이었나. 몸이 으슬으슬 춥고 열이 떴다. 나는 밤새 깊은 바닷속을 헤맸다. 어두운 바닷속에서 모르는 곳을 흘러 다녔다. 생소한 곳에 머물기도 했다. 몇 시간 동안 몇 겹의 삶을 지나쳐 온 듯했고, 지금도 여전히 물속에서 허우적대는 느낌이었다. 머리가 철삿줄로 조인 것처럼 지끈거렸다. 그러나 어제의 나와는 조금 달라진 기분이 들었다. 나는 콘크리트 벽에 단단히 고정된 도넛 모양의 앵커 앞에 섰다. 줄을 앵커에 결박하기 시작했다. 손에 익은 작업인데도 버벅거렸다.

목숨 줄이야.

뚱 아저씨의 예리한 눈에 발각되었다. 나도 알아요. 웅얼대며 이어폰을 귀에 꽂았다. 줄을 잡고 난간에 바싹 엎드려 밑을 내려다보았다. 현기증이 일어 눈을 감았다. 위에서 보기 때문이야. 도시는 위협적이지도 배타적이지도 냉혹하지도 않아. 그 속에 사는 사람들이 문제지. 나를 다독이고는 눈을 떴다. 다시 밑을 보았다. 작고, 알록달록한 점들이 가까워졌다간 멀어졌고, 와르르 몰려들었다간 산산이 흩어졌다. 때로는 제자리를 지키기도 했다. 개미 군단이 이동하는 것 같았으나 위험해 보이지 않았다. 그 속 어딘가로 내려앉아도 나 하나쯤은 괜찮을 것 같았다.

이어폰 볼륨을 높였다. '너는 내 꿈의 출처. 걱정하지 마.' 나는 BTS의 〈DNA〉를 반복해서 흥얼거렸다. 줄을 가슴 앞으로 당겼다. 몸을 허공에 띄웠다. 발밑에서 움직이는 수많은 점을 보며 엉덩이를 들썩거렸다. 안전판과 내 몸이 중심을 잡았다. 뚱 아저씨가 이어폰을 휙 잡아당기는 바람에 몸이 휘청했다.

남의 말도 들어야지.

나는 줄을 그으며 떨어지는 이어폰을 내려다보았다. 입이 탔다. 일주일 전, 내 생일날 나에게 주는 선물로 산 새 이어폰이었다. 비싼 건데. 이어폰을 좇던 나의 시선이 허공에서 멈췄다. 허공엔 위아래 구분이 없었다. 위와 아래는 어쩌면 내가 만든 허상인지도 몰랐다. 이어폰은 떨어진 게 아닌지도 몰랐다. 그럼 뭐지?

오늘 로또 사러 갈까. 뚱 아저씨가 목소리 톤을 올려 물었다. 로또를 믿느니 나를 믿으세요. 한 치의 망설임도 없이 나는 바로 거절했다. 1등 당첨자가 나왔다는 복권 판매소 순례는 그만하고 싶었다. 당첨 확률이 대충 800만 분의 1이라면서요. 물리 교사였다는 것도 뻥이죠. 맨날 꽝만 나오는데 뭐 하러 사요? 찜질방엘 한 번 더 가는 게 낫지. 나는 대놓고 반박했다. 모르는 소리. 그는 비밀이라는 듯 목소리를 낮췄다. 부적이거든. 그의 진지함에 나는 두 손, 두 발을 다 들었다. 나는 달랐다. 로또 따윈 믿지도, 사지도 않았다. 로또 당첨은 나를 버린 부모를 다시 만날 확률과 비슷했다.

항공 장애등의 강한 빛이 눈을 찔렀다. 케이 빌딩 옥상에선 헬기 이착륙이 가능했고, 멀지 않은 공항에선 수시로 비행기가 뜨고 내렸다. 그래도 그렇지. 365일 하루도 거르지 않고 빛을 쏘아대다니. 나는 답답해서 잘 안 쓰는 작업용 고글을 찾다가 창문이 열린 것을 발견했다. 버티컬 블라인드 사이로 슬쩍슬쩍 내부가 보였다. 호기심이 발동했다. 슬금슬금 안을 훔쳐봤다. 내부는 의외로 휑하니 비어 있었고, 차가운 초록색의 넝쿨 식물이 주홍색 벽을 타고 올라갔다. 뭐 하는 데야? 궁금증을 억누를 수 없어 대놓고 들여다보았다.

벽에 기댄 나무 사다리, 사다리를 밟고선 작업화가 보였다. 페인트로 얼룩진 바지가 보이더니 천장과 맞닿은 넝쿨손을 지우며 흰 페인트가 쓱 지나갔다. 그 옆에선 다른 작업자가 벽에 각기 다른 길이와 굵기의 각목을 무작위로 댔다. 타타타닥. 타타타닥. 전동 못을 치는 소리가 타악기를 치는 것처럼 울려 퍼졌다. 나는 사무실 리모델링이라도 하는 줄 알았다.

바닥에 쌓인 각목 더미로 페인트 통이 떨어졌다. 페인트가 쏟아져 바닥에 허연 지도가 그려졌다. 각목을 치던 작업자가 지도 끄트머리를 밟았다. 사다리 위에 있던 작업자도 지도 위로 내려섰다. 둘은 발을 하나씩 떼고 서로를 쳐다봤다. 표정 없이 노려보더니 미친 듯이 웃어댔다. 나는 유리 창문 안으로 고개를 들이밀었다. 괜찮냐고 묻고 말았다. 어디 있었는지 카메라맨이 나타났다. 비키세요. 마스크를 내리며 소리쳤다. 무안해진 나는 고개를 빼고 하늘로 시선을 돌렸다.

케이 빌딩 꼭대기에서 점심이라니. 기압도, 온도도, 높이도, 풍경도 완전히 다른 곳에서 밥을 먹을 줄이야. 나는 소풍가는 아이처럼 들떴다. 느긋하게 먹으라는 말을 들으면서도 흥분은 가라앉지 않았다. 콧노래를 흥얼거리며 난간에 기대니 도시가 눈 아래 있었다. 다큐멘터리 프로에서 보았던 번지점프가 떠올랐다. 돈을 내면서까지 떨어지려는 사람들, 극한의 공포를 자초하는 사람들, 그들은 나와 달랐다. 안전망이 있으니까. 떨어져도 죽지 않을 거라는 믿음이 있으니까.

다 먹고살자는 거야.

마 사장의 극에 달한 허세가 귀에 쏙 들어왔다. 좋은 일이 있나 보죠? 짜장면 그릇을 마 사장에게 건네는 뚱 아저씨의 목소리도 유쾌했다. 주식이 반 토막 났어. 마 사장이 나무젓가락을 둘로 쪼개며 아무렇지 않게 대꾸했다. 종잡을 수가 없는 게 주식이야. 탕수육을 우적우적 씹었다. 내일 폭등할지 누가 아느냐고 떠벌렸다. 말끝에 곧 다음 일이 나올 것 같다고 자랑하듯 말했다. 하 팀장의 언질이라도 받은 건가. 많이들 먹으라고 챙기는 그의 말이 풍선처럼 가벼웠다.

나온인 사진 있나? 없으면 명함판 사진 찍어서 몇 장 가져와. 마 사장의 말에 나는 고개를 끄덕였다. 서류를 만든다는 말은 흘려들었다. 일당을 받는 날인데 돌발변수가 생기면 곤란했다. 나는 표정을 관리하느라 애썼다. 온몸이 욱신거려도 끽소리 않고 일하는 이유였다.

오후엔 속도 좀 냅시다.

마 사장의 한마디에 면을 흡입하는 속도가 빨라졌다. 짜장면에 탕수육까지 남김없이 먹고, 뚱 아저씨는 배낭에서 파스를 꺼냈다. 무릎에 파스를 꾹꾹 눌러 붙였다. 내일은 흐리거나 비가 올 것 같다며 무릎을 주물렀다. 배낭을 베고 누워 모자로 얼굴을 가렸다. 나는 젓가락과 일회용 그릇, 휴지와 짜장이 묻은 랩을 검은 비닐봉지에 담아 묶었다. 비닐봉지를 도

구 상자에 쑤셔 넣고는 난간에 등을 기대고 앉았다. 압박붕대
를 감은 손목을 보았다. 당분간은 손목을 쓰지 말라는 약사의
말을 떠올렸다. 죽으라는 거지. 눈꺼풀에 힘이 빠지면서 저절
로 눈이 감겼다.

계단에서 누굴 봤다고? 케이 빌딩은 아무나 못 들어오잖
아. 똥 아저씨가 묻는 말이 내 귀에는 자장가처럼 들렸다. 책
임이요? 마 사장의 격앙된 목소리가 끼어들었다. 휴대전화 저
쪽에서 말하는 소리 역시 소음처럼 귓속을 파고들었다. 니 아
버지는 공사용 엘리베탄지 뭔지에서 떨어졌다더라. 코를 팽하
니 푸는 할머니의 걸걸한 목소리도 들렸다. 육시랄 놈들. 나
사를 뭐 한다고 미리 빼놓냔 말야. 시간이 그렇게도 아깝어?
목숨이 질기다는 옛말도 다 헛거여. 말을 하면서도 할머니는
헉헉거렸다. 숨이 넘어갈 것 같았다. 나도 숨이 막혀 컥, 숨을
뱉어냈다. 윙윙대는 바람 소리가 시끄러웠다. 마구잡이로 섞
여 들어오는 소리가 귓속에서 소용돌이쳤다. 나는 손으로 머
리통을 움켜쥐었다. 꿈인지 현실인지 헷갈렸다.

그건 아니죠.

마 사장의 외침에 나는 눈을 떴다. 똥 아저씨를 흔들어 깨
웠다. 무슨 일이냐고 물었다. 우리야 어디서든 일만 하면 되
니까. 줄을 내리면서 들었던 말이 머릿속에서 맴돌았다. 똥

아저씨는 눈을 반쯤 떴다 도로 감으며 손을 저었다. 모른다는 건지, 말하지 않겠다는 건지, 상관 말라는 건지.

나온. 마 사장이 정답게 불렀다. 낙하물 말이야. 그는 휴대 전화를 만지작거리며 뜸을 들였다. 이 바닥이 좁아요. 소문이 금세 번지거든. 잘 해결될 거 같아. 그는 새삼 친한 척하며 나를 보았다. 배상금이 부담이라며 말끝을 흐렸다. 원팀이니까 동등하게 나눠 내자고 은근슬쩍 덧붙였다. 반은 내가 낼게. 선심이라도 쓰듯 말했다. 일당의 일정 금액은 포기하라는 통보였다. 어쩌면 앞으로 일할 날들의 일당까지 줄어들지도 몰랐다. 지난번 일당도 반밖에 못 받았는데. 보험에서 일부 나올 거니까 크게 걱정하지 않아도 돼. 태연한 그의 말에 나는 태연치 못했다.

줄이, 내 몸이 흔들렸다. 안전판이 휘청거렸다. 안전판에 달린 쇠고리들도 철커덕거렸다. 유리벽을 치고 튕겨 나온 바람이 뺨을 때렸고, 몸을 붕붕 띄웠다. 바람만 잘 타면 나도 날아오를 수 있을까. 그건 나중 일이었다. 당장 몸을 가누기가 힘들었고, 청소도구 챙기기에 급급했다. 일하는 속도가 늦어졌다.

저게 뭐야?

뚱 아저씨의 목소리가 바람에 흩어졌다.

나는 눈을 끔벅거렸다. 바람을 정통으로 맞은 눈이 쓰라렸다. 눈물까지 그렁그렁해 앞을 보기 힘들었다. 엉겁결에 두 다리를 꼬았고, 엉덩이에 힘이 들어갔다. 꼰 다리 옆으로 무언가가 휙 지나갔다. 순식간이었다. 또 새인가. 돌풍을 잘못 본 것인지도 몰랐다. 다리가 들렸고, 고개가 뒤로 젖혀졌다. 이대로 떨어질 것 같았다. 두려움에 휩싸여 나는 고개를 앞으로 숙였다. 배에 힘을 주며 중심을 잡으려고 안간힘을 썼다. 몸이 경직되었고, 손이 주르륵 미끄러졌다. 손바닥에서 불이 활활 타올랐다. 불은 손을 태우고 팔과 어깨로 번져나갔다. 줄을 놓아버리고 싶은 마음이 굴뚝같았다.

내 오른쪽에 있던 뚱 아저씨가 발을 통통 튕기며 다가왔다. 겁먹지 마. 시계추처럼 흔들리는 내 줄을 잡았다. 엉덩이를 좀 더 굴려야지. 내 샤클을 조이며 빙글거렸다. 나는 그의 농담을 받을 여유가 없었다. 내 말을 믿어. 줄만 놓지 않으면 떨어지진 않아. 진짜라니까. 천천히 하라며 그는 내 안전판을 밀어 올렸다. 그러나 19층까지 내려와 있던 내게 옥상보다는 지상이 더 가까웠다. 내려가야겠다고 결정하자 손놀림이 빨라졌다. 바닥이 가까워져서인지 몸이 한결 가뿐했다.

3층까지 내려온 나는 잠시 멈췄다. 줄에 이마를 대고 숨을 골랐다. 사이렌 소리가 들렸다. 경광등 불빛이 유리벽을 붉게 물들였다. 불이라도 났나. 나는 아래를 내려다보았다. 케이 빌딩 입구로 119 구급차가 달려왔다. 경찰차도 연달아 도착했다. 방호복을 입은 응급요원과 검은 마스크를 쓴 경찰들의 발소리, 무전기 소리, 비키라고 외치는 소리가 시끄러웠다. 비키세요. 비키세요. 경찰들이 모여서 구경하는 사람들을 밀어냈다. 유리벽 청소 작업 때문에 쳐놓은 노란 안전 펜스 바깥으로 접근 금지가 쓰인 줄이 쳐졌다. 줄을 따라 마스크를 쓴 경찰들이 인간 벽을 만들었다. 누군가 검은 지프 옆이라고 외쳤다.

무슨 사고래요?

차가 돌진했대. 급발진인가 봐.

날벼락이네.

아냐. 사람이 떨어졌다던데.

모여든 사람들이 제각기 뱉어내는 말에 귀가 어지러웠다. 흰 두루마리 휴지산에 박혀 있는 검은 지프가 보였다. 내동댕이쳐진 두루마리 휴지가 긴 꼬리를 풀어헤친 채 이리저리 나뒹굴었다. 바닥을 덮은 검은 천 주변은 검붉은 자국으로 얼룩져 있었다. 반으로 쪼개진 팻말, 찌그러진 모자를 치우는 하팀장이 보였다. 그 옆에서 경찰이 뒤집힌 흰 운동화를 주워

봉투에 담고 있었다. 나는 눈이 휘둥그레졌다. 벌어진 입을
다물지 못했다. 몸이 떨렸다.

나는 가만가만 화단 쪽, 덤불 사이로 내려섰다. 어디로 가
야 할지 몰라 주춤거렸다. 검은 천 밖으로 삐져나온 발가락을
보았다. 순간 심장이 들썩거렸다. 앞뒤 가리지 않고 검은 천
가까이 뛰어갔다. 검은 천 끝을 잡았다. 들어 올리려는 순간
이었다. 뒤에서 누군가가 내 팔을 잡고 끌어당겼다. 몸이 질
질 끌려갔다. 사고 현장에 손대지 마세요. 나가세요. 나를 줄
밖으로 밀어냈다.

캠핑 페스티벌

1

　은하산 입구라는 말에 나는 택시에서 내렸다. '캠핑 페스티벌'이라고 적힌 깃발이 펄럭이는 것을 보았다. 깃발 사이로 빠른 비트의 노래가 넘실대고 있었다. 낯선 분위기에 당황한 나는 나무와 나무 사이로 비켜섰다. 엉뚱한 곳에 내려준 건 아닌지 의심하며 주변을 찬찬히 둘러보았다. 먼저 와서 기다리겠다던 정오는 보이지 않았다. 은하산 밑이라더니, 투덜거리는데 휴대전화가 울렸다. 어디야? 내 목소리는 지독하리만치 차분했다. 셔틀버스를 놓쳤어. 왁자지껄하게 떠드는 소리,

털털거리는 기계 소리, 빵빵대는 차 소리까지 끼어들어 정오의 다음 말은 잘 들리지 않았다. 날아서라도 와. 모나게 대꾸했다.

캐리어를 끌고 나는 안내센터로 들어갔다. 다른 곳에 온 건 아닐까 확인이 필요했다. 챙 넓은 모자를 쓴 직원이 고개를 들었다. 모자 끈이 턱을 조이고 있었다. 내 목까지 조이는 것 같아 나는 침을 꼴깍 삼켰다. 나를 본 직원은 입을 잔뜩 부풀리면서 하품을 참았다. 나는 잠시 주춤대다가 직원에게 다가갔다. 저기요, 말을 꺼내려는데 직원이 선수를 쳤다. 탁자 위에 있던 캠핑 안내서를 펼쳤다.

잘 오셨습니다. 요즘 같은 시기에 딱 맞는 곳이죠. 여유로운 공간에 맑은 공기까지 모두 공짭니다. 돌아가실 땐 다른 사람이 되어 있을 겁니다.

그는 등고선 표시가 선명한 지도의 한 부분을 짚었다. 나무 터널 표시가 경계 지점이라고 말했다. 경계라니. 나는 그를 흘긋 쳐다보았다. 어디서든 캠핑은 가능합니다. 사실 수목장이 더 고즈넉하고 여유롭죠. 그래도 알려는 드려야 해서요. 직원의 말을 경청하는 내가 나는 더 우스웠다. 자발적으로 캠핑 홍보 직원의 볼모라도 된 기분이었다.

모바일 참가 신청은 하셨죠? 현장에서 캠핑본부에 직접

등록해도 됩니다. 텐트, 침낭, 매트, 타프, 손전등까지 준비되어 있어요. 다 무료로 빌려줍니다. 은하산까지 오신 분들에 대한 배려 차원이죠. 끝날 줄 모르는 그의 말을 듣다가 나는 조용히 돌아섰다.

길만 따라가세요. 여긴 일방통행이거든요.

직원의 말이 등을 때렸다. 일방통행이라고? 중얼거리며 나는 밖으로 나왔다. 불쾌함을 털어버리려고 발로 땅을 턱턱 치며 걸었다. 풀썩 일어나는 먼지를 보았다. 먼지와 공기의 관계처럼 친절과 강요의 경계는 모호했다. 결국은 가라앉은 내 기분이 문제라는 결론에 도달했다. 직무에 충실했을 뿐인 직원을 나무랄 순 없었다.

바깥은 활기가 넘쳐났다. 자갈 틈새에 핀 키 작은 꽃까지 온몸을 흔들며 흥분을 감추지 않았다. 개망초? 아닌데. 애기똥풀? 나는 들꽃 이름을 아무거나 주워섬겼다. 꽃들은 못 들은 척했다. 대신 꽃에 앉아 있던 나비가 날아갔다. 과도하게 발달한 광대뼈, 낮은 코 주변으로 주근깨가 가득한 나를 외할머니는 종종 나비라고 불렀다. 귀를 막고 싫다고 우겨도 소용없었다. 나비는 얼굴도 모르는 내 엄마의 별명이었다고 했다.

아주 시끌벅적하네. 익숙한 목소리가 귓속으로 파고들었다. 케이크 상자를 들고 정오가 뛰듯이 걸어왔다. 까무잡잡한 얼굴엔 구레나룻이 덥수룩했고, 날카로움이 묻어 있는 눈꺼풀은 좀 더 팽팽해진 것 같았다. 하나로 모아 묶은 말총머리가 찰랑거렸다. 펑퍼짐한 옷을 입어서인지 호리호리한 몸피가 더 가늘게 보였다. 분부대로 날아왔습니다. 고른 이를 드러내며 정오가 환하게 웃었다. 나도 따라 웃고 말았다. 그의 웃음은 사람을 편안하게 만드는 힘이 있었다.

은하산 밑이라더니. 아니었어? 그나저나 왜 하필 은하산이야? 케이크는 또 뭐고?

근사하잖아. 떨어져 앉거나 붙어 앉거나 뭐랄 사람도 없고. 뭐니 뭐니 해도 돈이 안 든다는 게 중요하지만. 인사차 들른 거야.

정오는 대충 얼버무리며 내게 경례를 부쳤다. 그렇게 미안함을 퉁 칠 모양이었다. 나는 '근사하다'와 '돈이 안 든다'의 거리를 생각했다. 인사라니. 나도 모르게 미간을 찡그렸다. 아픈 건지, 고픈 건지 분간할 수 없을 만큼 배가 불편했다. 캠핑 페스티벌에 참가하자는 거냐고 물었다. 나는 사양이야. 거부 의사부터 밝혔다.

유아차에 탄 아이가 손뼉을 치는 모습이 내 눈을 사로잡았다. 무엇을 보고 손뼉을 치는 걸까. 처음 보는 사람들과 나무, 펄럭이는 깃발들이 신기한가. 내 눈길을 의식했는지 아이가 나를 빤히 쳐다보았다. 눈동자가 맑았다. 아이에게 손을 흔들어주었으나 아이는 눈도 깜빡이지 않았다.

오늘의 컨셉은 캐리어를 끄는 여자? 정오는 패션디자인 전공자답다고 나를 놀려먹었다. 전공 따윈 때려치운 지 오래거든. 나의 반응은 날카로웠다. 은하산 맞아? 근린공원 같잖아. 산은 산다워야지, 라고 짜증을 실어 투덜댔다. BTS의 〈버터플라이〉를 흥얼대는 정오를 째려보았다. 산다운 게 뭐냐는 정오의 반격엔 할 말이 없었고, 느닷없이 경운기를 타봤느냐고 물어서 어처구니가 없었다. 그건 전동 보드나 오토바이가 아니잖아. 나는 지하철과 버스, 택시, 그런 걸 타고 다녀. 뾰족해진 감정이 말끝마다 터져 나왔다.

2

미술용품 전문매장인 '그림 목장'에서 일하는 나는 정오를 대략 3년 전부터 알았다. 그러니까 정오가 '그림 목장'에 전통 한지를 납품하기 시작할 때부터. 그가 가져오는 전통 한지는 품질도 가격도 최상급이었다. 그래서인지 찾는 사람이 많지 않았다. 그러나 그는 한 달에 한 번은 새 한지를 들고 나타났다. 올 때마다 재고가 남아 있다는 말을 들으면서도 웃었다. 순진한 거야, 무모한 거야. 배알이 없는 건지도 모르지. 그의 웃는 얼굴을 볼 때마다 나는 고개를 저었다.

늦은 퇴근을 하고 마지막 지하철을 놓칠까 봐 종종걸음을 치던 날이었다. 뒤통수가 따가운 느낌에 나는 뒤를 돌아보았다. 정오와 눈이 마주쳤다. 그는 비닐에 둘둘 말린 한지를 옆구리에 끼고 어정쩡한 자세로 서 있었다. 젖으면 끝장이라서, 묻지도 않았는데 변명부터 했다. 그러곤 또 웃었다. 나는 할 말이 있느냐고 물었다. 그는 긍정도 부정도 하지 못하고 쭈뼛거렸다. 배가 고팠던 나는 잔치국수나 먹자고 했다. 바로 후회했으나 주워 담기엔 늦었다.

정오와 나는 잔치국수와 닭발을 안주로 소주를 마셨다. 빈 소주병이 늘어나자 정오도, 나도 긴장이 풀렸다. 입도 풀렸다. 그는 아버지의 한지 작업장이 감옥 같다고 털어놨다. 사진 찍는 것을 반대하는 아버지가 이해되지 않는다고도 했다. 도망쳐요. 신체 건강한데 뭐가 걱정이냐고, 누구나 그 정도의 고민거리는 있다고, 나는 삐딱하게 대꾸했다. 혹시 아이 사진을 찍느냐고 물었다. 아이는 제 취향이 아닙니다. 이번엔 그가 손사래를 쳤다. 술기운을 빌려 정오도 나도 오랜 친구처럼, 아니 다시 보지 않을 사람처럼 주저리주저리 속마음을 까발렸다.

그날 이후 정오는 일주일이 멀다 하고 '그림 목장'에 나타났다. 허락도 없이 퇴근한 나와 같은 지하철을 타고 집까지 동행했다. 스토킹이라고, 신고한다고 우겨도 막무가내였다. 지하철을 같이 타는 횟수만큼 우리의 친밀도는 상승했다. 그러나 비혼주의자인 나는 그를 친구 이상으로 생각하지 않았다.

아까 말이야. 참지 못하겠다는 듯 정오가 말을 시작했다. 차는 놓치고, 너의 도끼 같은 눈이 떠올라 나는 그야말로 광풍을 일으키며 걷고 있었거든. 정신없이 걷는데 경운기가 옆에 서는 거야. 폐차장에서 주워왔나 싶을 정도로 낡은 경운기였어. 운전석에 앉은 남자가 뭐라고 소리치더라고. 털털거리는 기계 소리에 나한테 묻는 건지 몰랐어. 뭐 난 걷는 데 열중했지. 어디를 그렇게 열심히 가는지 또 묻는 거야. 그래서 은하산, 이라고 했더니 무조건 타래. 정오는 신이 나 있었다. 웬 떡이냐 싶어 무조건 탔어. 정오는 숨도 안 쉬고 말을 이어갔다.

뒤에서 차들이 빵빵대고, 추월하려고 머리를 내밀고 난리였지. 그래봐야 헛짓이잖아. 외제차면 뭐해? 네 말처럼 날아가기 전엔 방법이 없는데. 고소하더라고. 어쨌든 경운기는 최선을 다해 전진했어. 자신의 페이스대로. 그 말을 하는 정오의 얼굴엔 뿌듯함이 가득했다. 모르긴 몰라도 경운기에 실린 짐 중에 자신이 제일 허접했을 거라며 어깨를 으쓱했다. 그만 해 줄래? 캐리어 손잡이를 탁탁 두드리며 나는 하품을 했다.

저기다. 정오의 목소리엔 기대와 흥분이 그대로 녹아 있었다. 손가락으로 게르 모양의 흰 텐트와 탁자, 대형 가설무대가 설치된 평평한 곳을 가리켰다. 사람들이 긴 줄을 이루고 서서 웅성거리고 있었다. 잔뜩 쌓인 침낭, 매트, 텐트 같은 캠핑용품과 콜라 박스, 감자칩과 크래커, 초코파이, 일회용 종이컵과 나무젓가락, 생수통 등도 보였다. 벌, 파리, 이름 모를 날벌레까지 윙윙거렸다. 어수선하고 무질서하고, 들뜬 분위기였다. 나는 뭔가 잘못되어가고 있다는 생각을 지울 수 없었다. 재고관리 부서로 발령받은 엊그제의 충격이 되살아났다.

3

나의 자부심은 한꺼번에 무너졌다. 재고관리 부서는 인턴이나 신입이 거치는 부서였다. 입사 5년 차 캐셔인 내가 갈 곳이 아니었다. 몇 번의 지각과 민원 발생이 이유인 듯했다. 말하자면 일종의 징계였다. 세일 품목을 잘못 입력해 계산이 틀린 게 빌미였다. 그러나 바코드를 엉터리로 붙인 직원은 책임추궁을 받지 않았다. 출산휴가 중인 동료의 몫까지 일하느라 누적된 나의 피로 또한 계산되지 않았다. 배려차원이지, 당분간이야, 좀 쉬었다가 올라와, 같은 어쭙잖은 위로가 내속을 더 뒤집었다. 나는 6개월간 쓰지 못했던 연차휴가를 한꺼번에 냈다.

휴가 첫날이었다. 나는 평소처럼 일찍 잠에서 깼다. 이불속에서 느긋하게 아침을 만끽했다. 바다라도 보고 올까, 생각하며 속초의 바닷가 펜션을 검색했다. 빈방이 많아 예약할 필요도 없었다. 내일 오후에 도착해서 밤바다를 보고, 하루 쉬었다가 다음날 강릉을 거쳐 돌아올 예정이었다. 나는 캐리어에 옷부터 챙겨 넣었다. 세면도구와 작은 스케치북, 책 두 권, 베개와 타월 이불도 챙겼다. 고속버스를 예약했다.

허리가 묵직하고 배가 뭉근하니 아팠다. 긴장이 풀린 탓이라 여겼다. 이불로 몸을 둘둘 말고 나는 시체처럼 잤다. 한밤에 깼다. 어둠에 잠겨 누워 있다가 문득 석 달째 생리를 걸렀다는 사실을 깨달았다. 생리 주기가 불규칙한 나는 그냥 넘어가려다 혹시나, 하고 임신 테스트를 했다. 흐릿하게 두 줄이 나타났다. 화장실에서 나는 혼자 흐흐흐 웃었다. 엄마를 닮았으면 손재주가 남다를 텐데. 외할머니의 목소리가 들리는 것 같았다.

외할머니는 갓난아이 배냇저고리에 나비 수를 놓았다. 출산한 딸을 돌보러 간 옆집 여자의 일을 대신 맡았는데 나비 한 마리당 백 원을 받는다고 했다. 작년 봄이었다. 자정이 다 돼서 귀가하던 나는 외할머니 방에 불이 켜진 것을 보았다. 방문 앞에 빈 막걸리 통이 있었다. 나는 문을 빼꼼 열었다. 고개를 수그리고 벽에 기댄 채 외할머니는 미동도 하지 않았다. 이상한 느낌에 방 안으로 들어갔다. 누워서 주무셔요. 외할머니의 돋보기를 벗기려던 나는 흠칫 놀랐다. 정오를 불렀다. 목에서 쇳소리가 나왔다.

정오가 졸린 눈으로 머리통을 긁적이며 들어왔다. 할머니가 이상하다는 내 말에 별 반응이 없었다. 오늘따라 힘이 빠진다고 막걸리를 사 오라고 하셨거든. 깊이 잠드셨나 보네. 그는 대수롭지 않다는 듯 외할머니의 손을 잡았다. 표정이 굳더니 내 손에서 휴대전화를 낚아챘다. 119를 눌렀다. 빨리 와 달라고 소리쳤다.

들것에 눕혀진 외할머니를 따라 나는 마당으로 나왔다. 흐드러진 벚꽃이 마당을 환하게 밝혔다. 밤바람에 벚꽃이 와르르 곤두박질쳤다. 외할머니의 감은 눈과 입술, 목과 가슴을 덮었다. 꽃이 수놓아진 하얀 이불을 덮은 것 같았다. 나는 외할머니의 신발을 들고 응급요원을 따라 구급차에 탔다. 덜컹거리는 구급차 안에서 덜덜 떨었다.

　너무 늦었네요. 응급실 의사는 사망한 지 여섯 시간 이상 지났다고 진단했다. 나는 들고 있던 외할머니의 신발을 놓쳤다. 온몸에서 힘이 빠져나갔다. 간신히 붙잡고 있던 나뭇가지가 툭 부러져버린 기분이었다. 정오와 같이 장례를 치렀다. 배가 고팠던 것만 기억났다. 무조건 맛있는 것을 먹자. 나는 배를 쓰다듬으며 배달앱을 검색했고, 매운 떡볶이를 주문했다. 모아두었던 광고지를 방바닥에 깔고 떡볶이를 먹었다. 일신 산부인과. 광고지에 쓰인 병원 이름이 눈에 들어왔다.

4

　캐리어를 끌고 나는 산부인과 병원으로 들어갔다. 만삭인 임산부를 보면서 잘한 결정이라고 생각했다. 물어볼 사람도 없는데 조심할 것을 알아두는 건 필수였다. 손차희 님. 호명을 받고 초진 진료실로 들어갔다. 간단한 문진이 끝나자 옆방으로 안내받았다. 초음파 검사를 하던 여의사의 표정이 싸해졌다. 그런가 보다, 했다. 눈도 깜빡이지 않고 숨도 멈춘 채 집중하는 건 당연하다고 여겼다. 그녀의 심각한 표정을 보고도 나는 이유를 몰랐다.

계류유산이에요. 여의사는 모니터를 주시하면서 해괴한 말을 늘어놓았다.

나는 잘못 들은 줄 알았다. 상기된 목소리로 그게 뭐냐고 물었다. 충격받지는 마세요. 30대 중반이 넘었잖아요. 태아의 심장이 멈추는 이유는 다양해요. 유전적 결함이나, 호르몬, 염색체 이상일 수도 있고. 그녀는 건조한 목소리로 의학적 정보만 전달했다. 감정이 없는 로봇 같았다. 분노인지, 슬픔인지, 두려움인지, 절망인지, 불신인지 알 수 없는 감정이 가슴을 내리눌렀다. 내 몸이 블랙홀이라도 된 기분이었다.

바로 수술해야 한다, 엄마가 위험할 수도 있다는 말은 들리지 않았다. 엄마가 되어보지도 못하고 엄마라고 불리는 것도 부당했다. 나는 초진료만 계산하고 도망치듯 병원에서 나왔다. 건널목 앞에 서서 오진일 거라고 스스로를 위로했다. 멍하니 건널목 저쪽을 응시했다. 뻥 뚫려 있는데도 벽이 가로막고 있는 기분이었다.

정오가 보낸 카톡이 날아왔다. 그는 이천에서 열리는 도자비엔날레 도록 작업을 하느라 일주일째 집에 오지 못하고 있었다. 안부를 묻는, 의미 없이 보내는 카톡인 줄 알았다. 은하산 입구에서 만나자고? 평일 이 시간에? 휴가를 받았다는 말도 하지 않았는데. 자기 생각만 하는 정오 때문에 나는 더 침울해졌다. 답글을 보내지 않았다. 무조건 와라, 먼저 가서 기다린다는 카톡이 연이어 날아왔다.

나는 도로변에 정차해 있는 택시에 올라탔다. 어디로 갈까요? 택시 기사가 룸미러로 나를 흘끗거리며 물었다. 목적지가 떠오르지 않았다. 뇌의 회로가 동시다발적으로 차단된 느낌이었다. 손님, 어디로 모실까요. 나는 좌석 깊숙이 몸을 밀어 넣었다. 터미널이요. 기어드는 목소리로 대답했다. 괜찮으세요? 내 말을 못 들었는지 택시 기사가 뒤를 돌아보았다. 훑듯이 나를 살폈다.

은하산. 내 입에서 흘러나온 말에 나도 놀랐다. 캐리어 손잡이를 움켜쥐고 창밖으로 시선을 돌렸다. 미세먼지 탓인지 제대로 보이는 건 아무것도 없었다. 어느 쪽으로 갈까요? 내비게이션을 찍으며 택시 기사가 되물었다. 상관없어요. 나는 휴대전화 가장자리를 손끝으로 문지르며 대답했다. 검은 액정에 내 얼굴이 비쳤다. 유령처럼 보였다.

5

캠핑 오신 여러분. 환영합니다.

굵직한 목소리가 흘러나왔다. 남자는 고인과 함께하는, 무엇보다 같이 온 가족들과 행복한 캠핑을 즐기라고 운을 뗐다. 캠핑 페스티벌 진행자인 듯했다. 불조심도 당부했다. 나무 한 그루 한 그루가 생명을 품고 있다고도 했다. 데리고 온 반려동물은 팻존에 등록해달라고 부탁했다. 낮에는 어린이를 위한 종이꽃 만들기, 나무 이름 알기 행사가 열린다, 밤에는 온 가족이 함께하는 별자리 찾기 행사도 있다고 알렸다. 먹거리 장터에도 들러달라는 부탁 역시 잊지 않았다. 정오는 캠핑본부 앞에 길게 늘어진 줄 뒤꽁무니로 갔다.

정오가 건넨 케이크 상자를 든 채 나는 캠핑 장비를 빌리고, 손전등과 타월 선물을 받고, 주의사항을 듣는 사람들을 바라보았다. 하나같이 상기되어 있었다. 산속에서 길을 잃어본 적이 없는, 한뎃잠을 자본 적이 없는, 두려움에 떨면서 어둠에 잠겨본 적이 없는 얼굴들이었다.

초등학교도 들어가기 전이었다. 나는 외할머니를 따라 산에 갔다. 나물 캐기에 열중해 너무 멀리, 깊숙이 들어갔다. 어두워지는 것도 몰랐다. 산길을 훤히 꿰고 있던 외할머니도 어둠 앞에선 속수무책이었다. 그녀는 덜덜 떠는 내게 엄마 이야기를 들려줬다.

엄마는 몸이 가벼웠고 겁이 없었다, 뭐든지 한 번 보면 기억했다는 말은 하도 들어서 외울 정도였다. 나는 본 적도 없는 엄마를 상상했다. 엄마가 지켜준다는 말을 곧이곧대로 믿었다. 주변의 작은 소리에도 가슴이 덜컥 내려앉았으나 겁쟁이가 되기 싫어 태연한 척했다. 외할머니 곁에서 밤새 주먹을 꼭 쥐고 떨었다. 집으로 돌아온 다음, 나는 호되게 앓았다. 다시는 산에 가지 않겠다고 결심했다.

멀찌감치서 가슴에 불조심이라고 쓰인 붉은 리본을 단 남자가 다가왔다. 내 앞에서 멈췄다. 붉은 리본을 내밀며 가슴에 달라고 했다. 그가 지켜보는 가운데 나는 불조심 리본을 달았다. 내가 불이 된 기분이었다. 꺼림함을 잊으려 나는 찌그러진 올가미 모양의 안내도를 들여다보았다. 은하산이 백두대간의 허리 역할을 한다, 구역을 13개로 나누고 각 구역을 연결하는 최적의 길을 만들었다, 생태 길도 냈고, 사이사이 화장실과 벤치를 놓았다는 안내문을 읽었다. 침낭과 매트를 빌려오는 정오를 무심히 바라보았다.

난 캠핑 안 해. 바다 보러 갈 거야.

정오의 얼굴이 일그러졌다. 그는 작업 도중에 도망쳤다, 오늘을 그냥 넘길 순 없었다는 고백부터 했다. 뜬금없이 외할머니를 처음 봤던 날을 들먹였다. 카메라 가방만 들고 갔는데 내치지 않아서 고마웠다고 털어놨다. 그래도 식은 올리라던 외할머니의 말을 잊지 않았다고도 했다. 나는 어리둥절했다. 오늘이 그날이었어? 말대답으로 물었을 뿐인데 정오는 나를 제정신이냐는 표정으로 보았다. 사실 제정신이 아닌 건 맞았다. 어쨌든 3년 전의 오늘은 내게 중요하지 않았다. 결혼은 원치 않지만, 아이는 원하는 나와 집에서 도망치고 싶은 정오의 생각이 맞아떨어졌을 뿐이었다. 동거는 서로의 필요가 만들어낸 결과였다. 그도 알고, 나도 알았다.

캠핑하러 온 거라면 굳이 멀리 갈 필요가 있을까. 어디를 가도 다 은하산인데. 나는 멀리까지 갈 생각이 없음을 분명히 밝혔다. 그런 나를 정오가 길옆 굴참나무 그늘로 슬쩍 밀었다. 햇살이 무거운지 굴참나무는 이파리를 자주 흔들어 햇살을 비워냈다. 그러곤 경쾌하게 몸을 살랑거렸다. 땅 위에 동글동글한 빛의 구멍이 생겼다 없어졌다. 정오는 빛의 구멍이 사라졌다 다시 만들어지는 것을 응시했다. 흘러내리지도 않은 머리칼을 쓸어넘겼다. 관점을 바꾸면 사는 게 편해진다고 말했다. 나는 무슨 헛소리냐고 내지르려다 참았다.

고소한 기름 냄새가 코끝을 스쳤다. 왁자지껄한 웃음소리까지 곁들였다. 김치전이다. 프라이팬에 들기름을 두르고 노릇하게 부쳐낸 김치전이 눈앞에서 어른거렸다. 담백하고, 쫄깃하고, 은근한 맛 생각에 나는 입맛을 다셨다. 정오는 나를 꼬드겨 먹거리 장터로 갔다. 해물 김치전 두 장을 주문했다.

오징어와 채 썬 호박, 다진 묵은지가 들어간 김치전이었다. 부드러우면서도 매콤한 맛이 입안을 가득 채웠다. 먹자고 안 했으면 울 뻔했네. 정오는 허겁지겁 먹는 나를 보며 웃었다. 오늘 첫 끼, 라고 말하자 김치전을 전부 내 앞으로 밀었고, 나는 정오의 몫까지 먹어 치웠다. 소화도 시킬 겸 걷자는 그의 제안을 물리치지 못했다.

6

완만한 오르막인 2구역에 막 들어섰다. 배꼽 밑에서 시작된 통증이 몸 전체로 번져나가고 있었다. 날카로운 쇳덩이가 배 속을 헤집으며 쿡쿡 찔렀다. 저절로 허리가 굽혀졌고, 어지러웠다. 계곡과 비탈을 따라가는 길이 빙글빙글 돌며 하늘로 올라가는 것 같았다. 나는 아주 천천히 걸었다. 정오와 나의 간격은 점점 벌어졌다. 한참을 앞서가던 정오가 되돌아왔다. 내 안색을 살폈다.

여긴 피톤치드가 많아. 호흡을 깊이 해봐.

나는 굵직한 소나무 몸통에 등을 기댔다. 다리가 풀려 결국 흙바닥에 주저앉았다. 주먹으로 허벅지를 토닥였다. 하늘에서 내려온 사다리처럼 가파른 나무계단을 쳐다보았다. 저

계단을 올라갈 거냐고 물었다. 물론이라는 대답이 돌아왔다. 혼자 가라는 내 말을 정오는 못 들은 척했다.

침낭과 매트를 어깨에 걸치고 정오가 난간을 잡았다. 계단에 발을 올렸다. 위로 올라갈 때마다 계단이 삐거덕거렸다. 밟힌다는 건 기분 나쁜 일이야. 고달프기도 하고. 계단에 올라선 그가 뜻 모를 소리를 했다. 계단을 두고 한 말인지, 나 들으라는 말인지 알 수 없었다. 정오는 자주 멈춰 서서 등을 폈다. 그의 등은 구부정했지만 많이 넘어져본 사람만이 가질 수 있는 어떤 의연함이 있었다. 계단 끝을 밟았는지 갑자기 정오의 발이 비틀렸다. 그가 신고 있던 검은 고무신이 벗겨져 계단 밑으로 떨어졌다. 정오가 계단 밑에 서 있는 내게 외마디 소리를 질렀다. 아하, 한숨을 쉬더니 나머지 고무신도 벗어 던졌다. 고무신 마니아인 정오답지 않은 선택이었다.

나는 정오의 고무신을 집지 않았다. 대신 캐리어를 끌고 계단을 올라갔다. 캐리어 바퀴가 드드득, 득득 나무를 긁었다. 끝없는 충돌음에 신경이 쓰였으나 어쩔 수 없었다. 캐리어는 왜 끌고 온 거야? 안에 보물이라도 들어 있는 거니? 정오가 이해할 수 없다는 표정으로 물었다. 시간이 가득 들었지. 바다 보러 갈 거라니까. 그제야 정오는 휴가를 받았냐고 물었다. 그렇지 않음 이 시간에 여기 못 오지. 나는 정오의 말총머리를 잡아당겼다. 남 생각도 좀 하고 살라고 주문했다.

빨리 좀 갑시다.

뒤에서 누군가가 사납게 외쳤다. 정오와 나는 움찔하면서 계단 옆 공터로 몸을 비켰다. 뒤를 보지도 않고 먼저 가라고 손짓했다. 검은 베레모를 쓴 남녀가 지나갔다. 그 뒤로 배낭을 멘 다부진 체격의 남자가 바람개비를 든 여자아이의 손을 잡고 갔다. 청바지를 입고 개를 안은 여자도 따라갔다. 나와 눈이 마주친 개가 이빨을 드러내고 으르렁댔다. 하루, 조용… 말이 끝나기도 전에 여자의 품에서 개가 빠져나왔다. 눈 깜빡할 사이에 내게 달려들었다. 미친 듯이, 아니 잡아먹을 듯이 짖었다. 하루. 하루. 사람들이 모두 하루를 외쳐댔다. 흥분한 하루가 내 바짓가랑이를 물었다.

나는 나무를 붙잡고 필사적으로 다리를 털었다. 여자가 달려와 하루를 내게서 떼어냈다. 바지 밑단이 찢겨나갔다. 파랗게 질려 있는 나를 정오가 등 뒤에서 감싸 안았다. 나무를 껴안은 나는 눈을 감고 진정하려고 깊게 호흡했다. 산속에서 떨며 세웠던 밤이 생각났다. 한참 만에야 다치지 않았느냐는 말이 들렸다. 나는 대답하지도, 돌아보지도 않았다. 하루 일행이 사라진 다음에야 눈을 떴다. 정오가 괜찮냐며 내 어깨를 토닥였다. 나는 당연히 괜찮지 않았다. 개 이빨에 긁힌 발목에서 피가 났다. 캐리어에서 휴지를 꺼내 피를 닦았다. 광견병 예방접종을 했는지 물어봤어야 했는데, 그 일행은 사라지고 없었다.

캐리어 위에 길쭉한 꽃이 툭 떨어졌다. 나는 고개를 젖히고 머리 위의 나무를 올려다보았다. 나뭇가지 끝에 기다랗고 허연 꽃잎이 매달려 흐느적거렸다. 밤꽃이라며 정오가 캐리어에 떨어진 꽃을 집었다. 그럼, 거기에 밤이 열리겠네. 나는 정오가 그렇다고 말해주길 바랐다. 그러나 그건 바람으로 끝났다. 밤나무는 암, 수꽃이 시차를 두고 피어난다, 근친상간을 막으려는 나름의 진화방식이라는 엉뚱한 설명을 들었다. 그 말의 저의를 알 수 없었다.

프로젝트에 합류할 작정이야. 너도 아는 김욱하고 두서너 명이 작당해서 추진하는 건데 나는 뭐 카메라만 들고 가는 거지. 마지막 기회인 것 같아서. 정오는 심각한 어조였다. 그러나 내 신경은 온통 발목에 가 있었다. 나도 미쳐가는 건 아닐까, 미쳐서 날뛰다 죽는 건 아닐까, 불안이 몰려왔다. 발을 헛디뎌 오른쪽 다리가 경사면으로 쭉 밀려났다. 경사로를 따라 흙이 쓸리고 자잘한 돌멩이가 굴러떨어졌다. 몸이 중심을 잃는 순간 정오가 내 팔을 낚아챘다. 그 많던 캠핑족들은 어디로 가버렸는지 보이지 않았다.

7

나는 휴대전화로 은하산 지도를 검색했다. 산이 깊어 와이파이가 터지지 않았다. 그만 돌아가자는 내게 정오는 지름길로 온 거라고 했다. 때마침 가까운 곳에서 사람 소리가 들렸다. 정오가 그것 보라는 듯 활짝 웃었다. 우리는 소리 나는 쪽으로 걸어갔다. 얼마 가지 않아 우람한 소나무 밑에 서 있는 사람들을 보았다. 그들은 소나무에 무언가를 동여매고 있었다.

곧 끝날 거야. 소나무에 두른 팔을 풀면서 남자가 여자에게 말했다. 솔향이 좋다면서도 여자의 목소리는 침울해져 있었다. 아무래도 사방 30센티미터는 너무 좁다고 아쉬워했다. 크면 뭐 하냐는 남자의 말에 눈을 흘겼다. 소나무의 찢어진 몸통을 손으로 쓰다듬었다. 땅에 떨어진 솔잎을 주워 들여다보았다. 여자는 남자와 손을 잡고 소나무 주변을 돌았다.

요즘 유행하는 손수 장례식인가?

내가 속삭이듯 물었다. 정오가 고개를 끄덕이며 검지를 입에 댔다. 돈 많은 사람들에게 인기 상한가라고 했다. 미리미리 준비하는, 아니 미래가 현재에 들어와 있는 시대였다. 살아 있을 때 본인 장례를 치르는 게 대세였다. 그게 깔끔하긴 했다. 돈만 내면 상조회사가 사후 처리는 할 터였다. 그들을 보며 나는 양팔로 몸을 감싸 안았다. 진땀이 나면서 몸이 으스스 떨렸다. 아무래도 걷는 건 무리였다. 더는 못 가겠다고 주저앉았다.

정오는 혼자 팻말을 따라 비스듬히 오른쪽 아래로 내려갔다. 내려가면서 나무를 일일이 확인했다. 하늘로 뻗은 나무엔 식별번호가 박힌 5백 원짜리 동전만 한 쇳덩이가 박혀 있었다. 캠프장 근처까지 온 걸까? 갑자기 시끌벅적해졌다. 와, 하는 함성과 메아리가 시차를 두고 울렸다. 운동회가 열리는 학교 운동장에 있는 기분이었다. 나는 게걸음으로 가파른 비탈을 내려가는 정오를 주시했다. 그 밑에는 뭐가 있어? 불안함을 지우려고 쓸데없이 크게 물었다.

8

여기다. 158-B 맞지? 정오가 외쳤다. 나는 기듯이 걸어 정오가 있는 산벚나무 밑으로 갔다. 움직일 때마다 마른 나뭇잎이 부석거리면서 부스러졌다. 오옥분, 1936 생, 2020 졸, 할머니 편히 쉬세요. 손차희. 나는 휴대전화보다 작은 이름표를 발견했다. 분명 내가 붙인 이름표인데 낯설었다. 나무엔 십자가를 단 이름표, 토끼 인형과 같이 묶인 이름표도 있었다. 그새 이웃이 늘어난 모양이었다.

제대로 찾아왔어. 샛길이 지름길이었던 거야. 신이 난 정오는 산벚나무 밑에 매트를 깔았다. 매트 끝을 캐리어로 눌렀다. 케이크 상자를 들고 와 매트 가운데 놓았다. 캐리어를 잡아당겨 상자가 미끄러지지 않게 막았다. 뭐든 쓸모가 있다고 웃었다. 뭉게구름 같은 생크림으로 뒤덮인 케이크를 꺼냈다. 생크림 위에 얹힌 빨간색 집이 조금 뭉그러져 있었다. 정오가 케이크에 초를 하나 꽂았다. 몸을 웅크리고 불을 붙였다. 내게 가까이 오라고 손짓했다.

들키면 벌금이 엄청나대요. 저 돈 없는 거 아시죠? 빨리, 한 모금만 빠세요. 정오는 재빨리 담배를 꺼내 불을 붙였다. 허공에 담배를 내밀었다. 할머니. 저 이제 갑니다. 인사드리러 왔어요. 정말 감사했습니다. 물기 어린 목소리로 나직이 속삭였다. 담배를 급하게 빨아댔다. 지켜보던 내가 촛불을 껐다. 얼음처럼 차갑게 나까지 끌어들인 건 실수였다고 덧붙였다.

내 말은 싹 무시한 채 정오는 배낭에서 비닐봉지를 꺼내 뒤집었다. 하얀 꽃이 와르르 쏟아졌다. 차희가 어두운 걸 무서워해서요. 흰색 한지로 접었어요. 정오는 한지꽃을 집어 나뭇가지에 묶었다. 나무 밑동에도 죽 둘러놓았다. 얇은 꽃잎을 부딪치며 흔들리는 한지꽃이 등불처럼 보였다. 나는 아픈 배를 쓸어내렸다. 화장실에 가야 할 것 같았다. 캠핑본부 앞에서 보았던 은하산 안내 지도를 떠올렸다. 이쪽이 맞나. 어두워서 원. 남자의 초조한 목소리가 들렸다. 캠핑장이 어딘지 아세요? 인기척을 느낀 남자가 플래시를 비추며 물었다.

길 따라 쭉 가세요.

나는 안내센터에서 들은 말을 상기하며 알려줬다. 그러나 우리가 샛길로 빠져들었다는 말은 하지 않았다. 모기가 왱왱거리며 선전포고를 했다. 하루살이가 생크림 속으로 자살 비행을 했다. 어디선가에서 이름 모를 벌레들도 몰려들었다. 먹고사는 문제에는 양보도 염치도 없었다. 케이크는 너희 몫이 아니야. 정오는 케이크를 후다닥 상자 속에 넣어 내게 건넸다. 선물이라면서. 나는 콧방귀를 끼었다.

침낭을 갖다달라고 부탁했다. 그 속에 발을 집어넣었다. 발끝에 와닿는 가늘고 짧고 여린 털이 부드러웠다. 마음도 따라 누그러졌다. 소리 없이 내려오는 어둠을 응시하다가 정오와 눈이 마주쳤다. 오늘은 여기서 캠핑하자. 무섬증이 사라질 거야. 그의 말소리는 자신감이 넘쳤고 텐트 칠 자리를 찾는 행동엔 확신이 차 있었다. 나는 고개를 절레절레 흔들었다.

두려움과 공포는 하룻밤 캠핑으로 사라지는 것이 아니었다.

바람이 부는지 나뭇잎이 흔들리면서 파도 소리가 났다. 파도는 쉴 새 없이 몰려와 허공 어디쯤에선가 부서졌다. 나는 나무가 빽빽하게 들어선 바다 한가운데 빠진 기분이었다. 언제 나뭇잎 물살에 휩쓸릴지 알 수 없었다. 나도 모르게 침낭 가장자리를 움켜쥐었다. 그런 나를 보고 정오가 빙긋, 웃음을 흘렸다. 나도 그를 따라 빙긋 웃었다. 그것으로 끝이었다. 정오는 내게서 나무 한 그루만큼 다른 세계로 떠나 있었다. 그 세계는 바로 곁인 듯도 하고 도저히 가닿을 수 없이 멀게도 느껴졌다.

9

별 찾기 행사를 알리는 굵은 목소리가 어둠을 뚫고 달려왔다. 흥분의 기운도 따라왔다. 무슨 말인지 알아들을 수 없는 외침, 엄마, 아빠를 부르는 소리, 서로의 이름을 외치는 소리, 기침 소리가 들렸다. 잠에서 깼는지 새들까지 떼지어 자리를 옮기며 재잘거렸다. 그 와중에도 나무들은 침묵하며 제자리를 지켰다. 아니, 나무는 나뭇잎을 흔들며 서로를 불렀다. 서로의 건재함을 확인하고 어둠을 견디고 있는지도 몰랐다.

소등 5분 전. 마음의 준비를 하라는 말이 이어졌다. 그 말은 다른 세계에서 들려오는 것 같았다. 마음의 준비는 어떻게 하는 것일까. 나는 두 손으로 배를 감싸고 하늘을 보았다. 나뭇잎 사이로 보이는 하늘은 검었다. 검은 하늘이 서서히 쏟아져 내렸다.

모닥불 앞으로 모이세요. 가족끼리 앉아서 옆에 있는 사람과 손을 잡고 숫자를 셉니다. 다섯, 넷, 셋, 둘, 하나, 소등.

은하산은 어둠의 나락으로 빠졌다. 사람들이 일시에 짧은 탄식을 내뱉었다. 탄식이 모여 거대한 소리 덩어리가 되었다. 소리 덩어리가 나무를 타고 달려왔다. 서로를 보라는 멘트가 이어졌다. 보일 때까지 다가가라고 했다. 누군가는 보이지 않는다고, 누군가는 잘 보인다고, 또 누군가는 만지면 된다고, 다른 누군가는 보고 싶지 않다고 소리쳤다. 웅성거림과 즐거운 외마디, 깔깔거림 사이로 울음도 끼어들었다. 빛이 사라진 자리에 소리가 들어온 느낌이었다.

나는 눈을 크게 떴다. 어둡지만 무언가가 보이는 것도 같았다. 아니 나는 보이지 않는 것을 보고 있었다. 어쩌면 보고 있다고 믿고 싶은지도 몰랐다. 보이지 않는다고 없는 건 아니었다. 없다고 존재하지 않는 것도 아니었다. 나는 보이지도 들리지도 않는 것, 없으나 있는 것들을 생각했다. 한지꽃이 접힌 모서리마다 스며 있을 정오의 지문, 지문을 통해 각인된 온기, 바늘 한 땀 한 땀에 배어 있을 외할머니의 시간, 그리고 느껴지지 않는 아기의 숨결을.

꽃까지 접느라 고생했겠네. 나는 정오에게 고맙다고 말하고 싶었다. 그러나 입이 떨어지지 않았다. 눅진한 어둠이 내 몸을 감쌌다. 어둠 속에서 나는 신음을 흘렸다. 내가 나에게 기회를 주듯 너도 너에게 기회를 줘. 정오의 읊조리는 듯한 소리가 아득하게 들렸다. 아니 바람 소리인지도 몰랐다. 엄마를 닮았으면 좋았을걸. 외할머니의 목소리까지 끼어들었다. 귀가 먹먹해졌다.

내가 지른 악, 소리에 내가 놀랐다. 정오가 무슨 일이냐고 물었다. 숨이 막힐 것 같은 통증에 나는 몸을 뒤틀었다. 아프면 아프다고 말했어야지. 걱정을 하는 건지, 화를 내는 건지 알 수 없는 정오의 말이 들렸다. 아니 들은 것 같았다. 순간 물컹한 것이 내 몸에서 빠져나갔다. 나도 모르게 엉덩이를 들썩였다. 바스락거리는 낙엽 소리가 비명처럼 들렸다. 몸이 한쪽으로 쏠리는 느낌에 나는 다리를 버둥거렸다. 얼굴이 흙에 쓸렸고 몸통이 돌아갔다. 흙이 이불처럼 몸을 둘둘 말았다. 침낭과 함께 나는 알 수 없는 곳으로 굴러가고 있었다. 별을 찾으셨나요? 차희야. 나를 부르는 소리가 멀어졌다.

다녀올게요

정 목사가 개를 데리고 현관으로 들어왔다.

화장실 앞에 서 있던 청자 씨는 그를 보고 멋쩍게 고개를 숙였다. 신도를 챙긴다며 아무 때나 불쑥불쑥 찾아오는 그가 마뜩잖았다. 현관문 비밀번호는 어떻게 알았을까. 의아해하며 목발을 내짚었다. 어쩐 일이세요. 깁스한 발을 끌며 나직하게 물었다.

아버님 추도예배 보러 왔어요.

머리칼의 빗방울을 털어내며 그가 대답했다. 그의 부드러운 저음은 사람을 끌어들이는 마력이 있었다. 신도들을 깜빡 넘어가게 만드는 목소리였다.

아버님? 청자 씨가 반문하자 그는 자신이 아버님이라고 고쳐 말했다.

자인이 말했구나. 화장실 벽에 걸린 달력을 들여다보며 청자 씨는 조용히 구시렁댔다. 달력 위엔 빗금이 불규칙하게 그어져 있었다. 빗금은 세찬 바람에 밀려 한 방향으로 기운 나무처럼 금방이라도 쓰러질 것 같았다. 누가 이런 낙서를 했을까. 청자 씨는 검지 끝으로 빗금을 바로 세울 듯 문질렀다. 달력의 앞 뒷장을 넘기면서 손가락으로 음력 날짜를 꼽았다. 정 목사 옆에 서 있는 개에게로 눈길을 돌렸다.

누구네 개예요?

선물로 드리려고요.

능청스럽게 말하며 정 목사가 빙긋 웃었다. 언덕을 올라오다가 비를 맞고 있는 개를 보았어요. 어제도 같은 자리에 있었거든요. 집을 잘 지킬 것 같고, 버려진 것 같아서 데리고 왔죠. 털이 검으니까 검댕이라고 부를까요. 비음 섞인 목소리를 조금 높이면서 그는 청자 씨 쪽으로 검댕을 슬쩍 밀었다. 반사적으로 청자 씨는 몸을 뒤로 뺐다. 목발을 내밀어 검댕이 가까이 오지 못하게 막았다.

검댕은 꼬리를 뒷다리 사이로 내렸다. 목발에 걸려 주춤대다가 냉장고 옆으로 느릿느릿 걸어갔다. 구석에 앉아 앞발을 가지런히 모았다. 앞발 사이에 얼굴을 얹고는 눈치를 살폈다. 검댕이 앉은 마룻바닥 주변으로 물기가 번졌다. 지켜보던 청자 씨가 고개를 저었다.

청자 씨는 개에게 물린 적이 있었다. 물린 상처가 깊어 일주일이나 병원 치료를 받았고, 광견병 예방주사를 3년째 맞고 있다. 병원에선 그만 맞으라고 했지만, 왠지 꺼림해서 그만둘 수가 없었다. 개만 보면 가슴이 두근거리고 열이 치솟는 증상이 지속되었기 때문이다. 요즘엔 개 짖는 소리만 들어도 감전된 듯 온몸이 찌르르하고, 신경이 곤두섰다. 아무 때나 짖어대는 옆집 개, 콜라 때문에 밤잠을 설치고는 옆집 여자와 다투기까지 했다. 콜라와 마주치지 않으려고 멀리 돌아다닌 적도 많았다. 깁스한 다리로 콜라를 피해 다니는 것도 억울한데 개를 선물하겠다고? 청자 씨는 기가 막혀 말도 안 나왔다.

독거노인이니 말벗이라도…

함부로 말을 뱉어내던 정 목사가 말꼬리를 흐렸다. 아차 싶은 표정이었다.

독거, 라고 중얼거리며 청자 씨는 허탈하게 웃었다. 틀린 말은 아니었다. 혼자 사니 독거는 맞았고, 예순이 넘은 지 한참 되었으니 아직은 젊다고 우기기도 애매했다. 그러나 주변엔 혼자 사는 사람들로 넘쳤다. 젊어서 혼자, 젊지도 늙지도

않아서 혼자, 늙었으니 혼자. 혼자 살기는 새로운 트렌드였
다.

검댕을 보면서 정 목사는 오라고 손짓했다. 생각을 바꿔야
세상도 바뀐다고 말했다. 기우뚱한 걸음으로 다가온 검댕을
청자 씨 앞으로 밀었다. 청자 씨는 오물이라도 털어내듯 검댕
을 내쳤다.

검댕은 털이 빠져 군데군데 맨살이 드러났고, 그나마 남
아 있는 시커먼 털은 비에 젖어 엉겨 붙어 있었다. 눈에는 눈
곱이 끼어 있었고, 결정적으로 왼쪽 앞다리가 기역 자로 접혀
있었다. 검댕은 밀쳐지는 것에 익숙한 듯 표정 없이 청자 씨
의 깁스한 다리 곁에 앉았다. 깁스의 냄새를 맡고 이빨로 긁
어댔다. 시커먼 얼룩이 번져있는 깁스의 실밥이 한 올씩 일어
났다. 지저분한 걸로 치자면 검댕의 몰골과 깁스의 외양은 엇
비슷했다. 목발로 검댕을 툭툭 치면서도 청자 씨는 기분이 썩
좋지 않았다. 아니 더러웠다.

식탁 위에서 휴대폰이 부르르 떨었다. 액정에 딸이라고 떴
다.

자인아. 언제 올 거니? 정 목사는 벌써 와 있다. 근데 나보
고 개를 맡으란다. 너도 알지 않니? 내가 개 때문에 생고생한

132

거. 그 일만 떠올리면 내가 아직도 살이 떨려요. 또 집 얘기냐? 집은 안 판다니까.

청자 씨는 두서없이 하고 싶은 말을 쏟아냈다.

집을 파는 게 아니고. 엄마, 정말 집문서 못 찾으면 큰일이에요. 엄마의 기억력에 금이 간 거잖아. 몇 번이나 말해야 믿으실래요. 엄마를 위해서도 꼭 기억해내야 한다니까. 찾으면 나나 목사한테 바로 말해요. 딸을 믿지 못하면 누굴 믿어.

일없다.

깁스 푼다더니. 아직이야?

자인의 목소리가 커졌다. 청자 씨는 귀에서 휴대폰을 조금 뗐다. 소리치지 않아도 알아듣는다고 쉰 목소리로 속삭였다. 자인과 청자 씨의 대화는 늘 이런 식이었다. 자인은 자기 할 말만 하고는 청자 씨의 말은 듣지 않거나 아예 무시했다. 청자 씨도 마찬가지였다.

정 목사는 뒷짐을 지고 청자 씨 주변을 어슬렁거렸다. CCTV를 흘끔흘끔 보며 고개를 까닥였다. CCTV 전원을 끄는 청자 씨를 보고는 눈살을 찌그렸다.

감시하는 거니?

감시라니. 엄마. 걱정하는 거지. 혼자 계시잖아.

하루 이틀 혼자 산 것도 아닌데 왜? 청자 씨는 자인의 말을 무시한 채 전화를 끊었다.

한 달 전이었다. 바빠서 죽을 시간도 없다던 자인이 주말에 집에 왔다. 난 도시 체질인가 봐. 뮤지컬 티켓이 생겼어. 온갖 핑계를 댔던 자인은 집에 오자마자 중요한 서류를 넣어두는 책상 서랍을 뒤적였다. 집문서가 어디 있느냐며 온 집안을 난장판으로 만들었다. 옷장과 서랍장을 헤집고, 침대 밑을 들여다보고, 냉장고를 열어보고, 신발장 안까지 샅샅이 뒤졌다.

집문서는 왜 찾니?

청자 씨는 달랑 집 하나 남았는데, 그것도 30년간 다달이 대출금 상환을 해가면서 어렵사리 지킨 집인데, 넘보지 말라고 조곤조곤 타일렀다. 그러나 자인은 막무가내였다. 주식은 타이밍이라 머뭇거릴 시간이 없다고 재촉하다가 사정하고, 화를 내다가 애원했다. 집을 팔자는 게 아니라 대출을 받는 거다, 이 집의 반은 자기 몫이라고 우기기까지 했다. 자인의 억지에도 청자 씨는 눈 하나 깜짝하지 않았다.

청자 씨는 목발을 짚으며 싱크대로 갔다. 싱크대와 냉장고가 맞닿은 곳에 목발을 세워놓고는 가스레인지에 올려놓은 탕국 냄비를 열었다. 뜨거운 김이 확 올라와 얼굴을 뒤로 뺐다. 국자로 펄펄 끓는 탕국을 떠 후후 불어가며 간을 보았다.

소금을 반 숟가락쯤 넣고 가스 불을 줄였다. 채반에 널려 있는 동태전을 접시에 옮겨 담았다. 개수대에 내놓은 포도를 씻다가 생각난 듯 정 목사에게 생밤이 담긴 양푼을 건네주었다.

생율 좀 쳐줘요.

얼떨결에 양푼을 받아든 정 목사는 낮게 한숨을 내쉬었다. 추도예배엔 성경책만 있으면 된다고 알려줬다. 시큰둥하게 듣고 있던 청자 씨는 추도예배 방식까지 강요하지 말라며 그의 말을 잘랐다. 개수대에서 포도를 마저 씻었다.

밤 양푼을 들고 정 목사는 CCTV를 다시 켰다. 고개를 주억거리며 집안을 살피고 돌아다녔다. 청자 씨와 눈이 마주치면 과장되게 허허허 웃었다. 무슨 꿍꿍이가 있는 걸까? 청자 씨는 때와 장소를 가리지 않고 웃는 그가 수상쩍었다. 펀드 매니저인 자인이 그를 만나는 것도 탐탁잖았다. 그렇다고 자인을 탓할 수도 없었다. 청자 씨 때문에 목사를 만났으니 말이다.

중학교 기간제 체육 교사였던 청자 씨는 '골든 슛'이라는 여성 축구단 코치였다. '골든 슛'은 삼사십 대 여성 직장인 15명으로 구성된 축구 동호회였는데 대망교회 여 신도회 소속이기도 했다. 그녀들은 격렬하게 달리면서, 헛발질하면서,

넘어지면서, 머리로, 가슴으로 공을 찼다. 운동이라면 고개를 살래살래 젓는 자인도 가끔 청자 씨를 따라와 시합을 관람했다.

초등학교 축구부와 친선게임을 할 때였다. 막내 목사이자 골키퍼의 동생인 정 목사가 합류했다. 그는 기꺼이 '골든 슛'의 이동 수단인 교회 버스를 몰았다. 운전 봉사도 고마운데, 축구공을 옮겨주고, 벗어놓은 옷가지를 지키고, 음료수 심부름 같은 자질구레한 일까지 거들었다. 말이 좋아 코치지 온갖 잡일을 도맡아 했던 청자 씨는 손을 덜었다. 자인과 골키퍼, 정 목사가 따로 만나 커피를 마신다는 소문을 들었으나 가볍게 넘어갔다.

'골든 슛' 축구팀의 미니 축구 시합이 끝난 날이었다. 팀원들은 너나없이 기진맥진한 상태였다. 버스가 출발하자 그들은 약속이라도 한 듯 잠에 빠져들었다. 내리막길에 갑자기 뛰어든 개를 피하려고 방향을 틀던 버스가 마주 오는 화물차와 충돌했다. 비명이 터져 나왔고, 버스 안은 아수라장이 되었다. 안전벨트를 멘 자인과 정 목사, 팀원들은 가벼운 찰과상만 입었다. 그러나 청자 씨는 다리가 부러졌다. 체한 듯 가슴이 답답해 안전벨트를 풀고 있었던 게 화근이었다. 복합골절에 십자인대가 끊어진 청자 씨는 어려운 수술을 받고 깁스를 했다.

  깁스를 한 채 누워 있는 동안 청자 씨는 종합검진을 받았다. 싫다는데도 이참에 몸 상태를 점검하라는 자인의 성화 때문이었다. 온갖 피검사에 쓸데없이 뇌 단층 촬영과 인지검사까지 받았다. 정신의학과 상담을 받으라고? 뜻밖의 검진소견에 청자 씨는 말문이 막혔다. 문진 때 건망증이 심하다고, 남편이 죽은 다음부터 항우울제를 복용했다고 털어놓은 걸 후회했다. 그러나 끝까지 버티지 못했다. 자인의 손에 끌려 정신의학과로 갔다.

  안경을 콧잔등 위로 올리면서 여의사가 멍청한 질문을 퍼부었다. 어머님, 성함이? 그런데 깁스는 왜 하셨어요? 오늘이 며칠인지는 아시죠? 그녀는 유치원생도 아는 덧셈과 뺄셈까지 시켰다. 청자 씨는 젊은 의사의 빨간 입술을 쏘아보았다. 너무 뻔한 질문을 하는 그녀가 괘씸했다. 그런 걸 왜 묻느냐고 따졌다. 그러나 깁스를 한 이유가 금방 떠오르지 않았다. 7일인지, 8일인지 헷갈렸다. 덧셈의 답을 말한 청자 씨는 두 손을 무릎 사이에 떨구고 눈을 내리깔았다. 갑자기 머릿속이 깜깜해진 게 깊은 구멍에 빠져버린 기분이었다.

  경도 인지장애? 청자 씨는 의사의 진단을 믿을 수 없었다. 그게 건망증이 심하다는 말이냐고 되물었다. 비슷하다는 의사의 답변에 기분이 상했다. 예순을 넘기긴 했지만 머릿속에 구멍이 숭숭 뚫렸다는 말이냐며 툴툴거렸다. 자인에게 끌려 다른 병원 정신과를 찾았다. 가는 병원마다 이상한 병명이 추가되었다. 대인기피증, 섬망, 집착, 환청 등등. 머리에 비하면 다리는 망가진 축에도 못 끼었다. 청자 씨는 병원이 병을 만든다는 생각을 지울 수 없었다. 우겨서 퇴원했다. 집으로 와서도 깁스를 풀지 않았다. 걷는 데 신경 쓰느라 청자 씨는 기억이 들락날락하는 것에 신경 쓸 여유가 없었다. 그래서 좋았다.

발설하진 않았지만 청자 씨는 당황한 적이 많았다. 종종 엉뚱한 골목에서 허둥댔고, 지하철 환승역에서 환승을 잘못하는 바람에 30분 거리를 반나절이나 돌아다녔던 적도 있었다. 화장지를 계속 사서는 안방에 산처럼 쌓아놓았다. 화장지를 들고 집 앞에서 기웃거리는 청자 씨를 옆집 여자가 보았다. 쓰레기를 버리다 말고 집 앞에서 뭘 하느냐고 물었다. 청자 씨는 어물거리다가 집 안으로 들어와버렸다.

얼마 후 동네 슈퍼에 간 청자 씨는 정신이 온전치 못하다는, 자신에 관한 소문을 들었다. 슈퍼 주인에게 속사정을 털어놓을 수는 없었다. 부풀려 또 다른 소문을 만들어 낼 테니까. 억울해도 반박하지 못하는 이유였다. 또 화장지를 샀다.

쟁여놓은 생필품으로 안방은 동네 슈퍼의 축소판이 되어갔다.

답답해진 청자 씨는 일기를 다시 쓰기 시작했다. 정확하게 빠짐없이, 일어난 시간부터 텔레비전 시청 시간, 청소기 돌린 시간까지 기록했다. 먹은 음식도 세세하게 적었다. 음식에 넣은 재료들까지 일일이 열거하는 방식으로. 물론 요리 방법도 함께. 화분에 물을 준 날짜, 제라늄이 핀 날, 시든 날, 금붕어 먹이를 준 시간과 물을 갈아준 날도 적었다. 손톱을 깎고 발톱에 어떤 무좀약을 발랐는지, 슈퍼에 간 날과 산 물건, 쓴 돈도 자세히 썼다. 열심히 기록을 했지만 사실 다 적었는지는 자신이 없었다. 어떤 날은 변기 앞에 서서 이 물건이 뭔지, 어떻게 쓰는지, 왜 여기 있는지 한참을 생각하기도 했었으니까. 사소한 것까지 낱낱이 적다가 피곤하고 귀찮으면 넘겨 뛰었다. 더러 빼먹는 것도 나쁘지 않았다. 사실 청자 씨는 머리 쓰기보다는 몸 쓰기에 더 익숙했다.

도무지 시간이 안 가네.

자인을 만난 청자 씨는 우울하게 하소연했다.

엄마답지 않게 왜 그래. 교회 가실래요? 친구도 만들 수 있을 거야.

무료함을 토로하는 청자 씨에게 자인은 개천교회를 추천했다. 개천교회라면 집에서도 보이는 가까운 곳에 있었다. 다리를 다친 다음부터 청자 씨는 축구와 교회를 잊으려고 애써왔다. 그러나 가벼운 마음으로 교회라도 가볼까 마음먹었다.

개천교회에서 청자 씨는 정 목사를 만났다. 등잔 밑이 어둡다더니. 청자 씨는 보자마자 두 손을 덥석 잡으며 격하게 환영하는 정 목사가 낯설었다. 예전 모습과는 어딘지 달라져 있었다. 양복을 입고 넥타이를 맨 그를 처음 봐서 그러려니, 직책이 주는 무게감 때문에 몸이 좀 뻣뻣해진 거려니 여겼다. 그는 신도 수첩과 교무금 봉투까지 직접 챙겨주었다. 집까지 바래다주면서 교회 신축을 위해 기도해달라며 은근한 미소를 지었다. 말끝마다 할렐루야를 붙이는 게 과연 목사다웠다.

검은 가죽 표지 모서리마다 금박이 박힌 성경책 위에 정 목사가 손을 올렸다. 자인은 언제 오느냐고 물었다. 청자 씨는 같이 들어놓고 뭘 묻느냐고 웅얼거렸다. 자신도 모르게 입을 쩝쩝거리다가 엄지와 검지로 관자놀이를 세게 눌렀다. 손가락 자국이 나도록. 그러나 두통은 누그러들지 않았다.

3일 전부터 내리기 시작한 비는 그칠 줄을 몰랐다. 장마철이 지나도 한참 지났는데 하늘에 구멍이라도 난 것 같았다. 집은 물 폭탄이라도 맞은 듯 흠뻑 젖었다. 공기는 축축하고 끈적거렸다.

내일은 그칠까? 학교에 가야 하는데.

학교요? 누구 만나시게요?

누가 날 만나재요?

아니요.

누굴 만나기로 했지?

청자 씨의 눈빛이 흔들렸다. 넋 나간 표정으로 창문 밖을 내다봤다. 정 목사는 기회를 놓치지 않고 검댕과 같이 산책을 하면 기억력도 좋아질 거라고 말했다. 청자 씨는 옆에 놓인 목발로 바닥을 쳤다. 검댕이 놀라 일어섰다. 뒤로 물러서다가 정 목사의 발등을 밟았다. 인상을 찌푸리며 그는 얼른 발을 빼 털었다.

청자 씨는 목발을 짚고 일어섰다. 검댕을 밀치고 걸어가 현관문을 활짝 열어젖혔다. 저만치 보이는 개천교회의 붉은 십자가 위로 쏟아지는 빗줄기를 바라보았다. 바람이 비를 몰고 들어왔다. 현관문이 덜컹거리고 슬리퍼가 뒤집혔다. 쓰레기가 잔뜩 담긴 종량제 쓰레기봉투가 넘어지면서 부스럭댔다. 종일 어수선하네. 청자 씨는 듣는 사람도 없는데 주변을 살피며 소리 죽여 말했다.

전조등을 켜고 오토바이가 달려오더니 현관문 앞에서 멈췄다. 우비를 입은 남자가 투명 셀로판지로 싼 꽃바구니를 들고 와 마룻바닥에 내려놓았다. 청자 씨가 빗방울이 맺힌 투명 셀로판지 속을 들여다보았다. 백합이네. 누가 보낸 거냐고 물었다. 직접 와서 주문하셨다던데. 퉁명스럽게 대답하면서 남자는 서둘러 나갔다. 오토바이 소리가 멀어지자 청자 씨는 정 목사를 쳐다보았다. 작년 추도예배 때, 꽃바구니를 보내줘서 고마웠었다고 늦은 감사를 표했다. 정 목사가 눈을 끔벅였다. 돈을 주고 꽃을 산 기억이 없다고 중얼댔다. 꽃이 없어도 하나님은 어디에나 계신다, 꽃을 사는 돈으로 추도 헌금을 하라고 말했다.

청자 씨는 하나님이 어디에나 계시면 교회는 뭐하러 가나, 싶었다. 헌금을 하는 것이 하나님과 가까워지는 일인지도 의심스러웠고, 거짓말을 참말처럼 말하는 게 정 목사의 일인가 궁금했다. 이번 주말엔 교회도 쉬어야겠다고 생각했다.

언니. 떡 왔어요.

떡 상자와 콜라를 안은 옆집 여자가 우산을 쓰고 문 앞에 섰다. 우산을 접으려다가 현관에 놓인 남자 구두를 보았다. 손님이 오셨나? 물이 뚝뚝 떨어지는 우산을 든 채 안을 기웃거렸다. 우산부터 접으라는 청자 씨의 말을 듣고 우산을 접어 신발장 옆에 세워두고 안으로 들어섰다. 청자 씨의 얼굴색이

어두워졌다. 오늘 일진이 개 같다고 신음처럼 앓는 소리를 냈다.

목사님까지 오셨네요.

옆집 여자가 반갑게 인사를 했다. 들고 온 떡 상자를 싱크대 위에 놓고, 콜라는 바닥에 내려놓았다. 앞으로 뛰어들던 콜라가 검댕을 보고는 멈춰 섰다. 검댕은 관심 없는 척했지만 내렸던 꼬리를 바짝 세웠다.

누구네 개예요?

검댕을 발견한 옆집 여자가 상자에 붙은 테이프를 쭉 뜯으며 물었다. 테이프를 둘둘 말아 쓰레기통에 던졌다. 자기 집처럼 스스럼이 없었다.

이 집에 선물하려고요.

정 목사의 얼굴에는 뿌듯함이 서려 있었다. 대단한 행운이라도 나눠주는 것처럼.

대도시의 변두리인 이곳은 비가 오는 날이면 유독 버려지는 개가 많았다. 비를 피해 서너 마리의 개가 교회 앞에서 서성댈 때도 있었다. 정 목사는 앞장서서 버려진 개들을 교회로 데리고 들어왔다. 그러나 개를 키우고 거두는 건 고스란히 신도의 몫이었다.

콜라를 본 정 목사가 오라고 손짓했다. 검댕을 경계하며 멈칫거리던 콜라가 목사에게 달려갔다. 정 목사의 발밑을 쿵쿵거리고, 뛰어오르고, 몸을 비비고, 꼬리를 흔들고, 일어서서는 손이며 얼굴을 핥았다. 그는 콜라의 목덜미를 어루만지고 콜라와 입을 맞췄다. 그 모습을 지켜보던 옆집 여자는 콜라가 남자만 좋아한다며 입술을 쭉 내밀었다. 개들이 저를 좀 따르죠. 정 목사가 은근하게 그 말을 받았다.

드디어 개를 키우시겠네. 옆집 여자는 반가운 듯 목청을 높였다.

무슨 소리야.

청자 씨는 단호하게 거부 의사를 밝혔다. 옆집과 원수처럼 살 수도 없지만, 너무 가까워지는 것도 사절이었다.

개와 주인은 서로 닮아가는지도 몰랐다. 아무 때나 짖어서 시끄럽기 그지없는 콜라와 마음 내키는 대로 행동하고 말하는 옆집 여자는 비슷했다. 그녀는 끊임없이 청자 씨의 과거를 캐물었다. 딱히 비밀이 있는 삶을 산 것은 아니지만, 떠벌릴 것도 없는 삶을 산 청자 씨는 성가시고 귀찮았다. 과거로는 다시 돌아갈 수도, 돌아갈 필요도 없는데 가물거리는 기억을 애써 소환하고 싶지 않았다. 기억하지 못하는 것이 편할 때도 있었다.

청자 씨가 입을 다물수록 옆집 여자는 끈질기게 묻고 또 물었다. 좀처럼 포기할 기미가 없어 난감했다. 그러나 오늘처럼 떡을 사 올 때면 고맙기도 했다. 청자 씨가 그녀의 호기심을 완전히 무시하지 못하는 이유였다. 그저 오늘의 날씨, 아침 드라마 따위의 이야기를 나누며, 끝없는 수다를 들어주는 관계를 유지하기로 했다.

목사님이 추도예배까지 와주시고 언니는 좋겠네. 나도 다음번엔 목사님 모셔야지. 근데 텔레비전 광고 봤어요? 그 뉴질랜드산 초록 홍합 있잖아요. 그게 관절에 그렇게 좋대요. 김 집사가 먹었는데 효과를 봤다네요. 나도 먹을까 싶은데 언니도 같이 드실래요? 많이 사면 좀 싸다던데. 깁스를 풀게 될지도 모르잖아요. 겨울 오기 전에 전기장판을 바꿔야 하는데 이참에 물침대로 바꿔볼까? 전자파가 안 나온대요. 언니는 뭐 써요? 전을 많이도 부쳤네.

옆집 여자는 하고 싶은 말을 끝도 없이 늘어놓았다. 채반에 있는 동태전을 집어먹고, 쟁반에 놓인 포도도 몇 알 뜯어먹었다. 가스레인지 위에서 끓고 있는 탕국까지 열어보았다.

냄새가 근사하네. 근데 상은 어디 차렸어요?

상? 무슨 상?

청자 씨는 목발을 짚고 안방으로 들어갔다. 안방은 발 디딜 틈이 없었다. 따라 들어온 옆집 여자가 방 안에 슈퍼를 차

렸느냐고 놀랐다. 여긴 상 놓을 자리가 없다며 방 안을 둘러보았다. 상을 차리긴 차렸는데… 자신 없이 중얼대는 청자 씨를 의혹의 눈빛으로 보았다.

옆집 여자 옆을 맴돌던 콜라가 검댕을 보고 멍, 짖었다. 검댕도 뒤질세라 컹컹 짖어댔다. 개 짖는 소리에 청자 씨는 머리가 지끈거렸다. 집문서 소동이 터진 다음부터 소음이 일정 데시벨을 넘으면 청자 씨의 머릿속은 아수라장이 되었다. 그럴 때면 신경안정제를 먹고 가수면 상태로 머릿속을 진정시켰다.

약을 먹어야겠어. 청자 씨가 서둘러 안방에서 나왔다. 급히 나오다가 목발이 쌓아놓은 휴지를 건드렸다. 휴지가 와르르 무너졌다. 흐트러진 휴지에 걸려 청자 씨도 넘어졌다. 꼬리뼈를 찧었다. 꼬리뼈에서 불이 났다. 아프다고도 못하고 청자 씨는 한참을 그대로 앉아 있었다. 정신을 가다듬고 목발을 짚었다. 간신히 일어나 마루를 이리저리 걸어 다녔다. 딱, 딱, 딱. 목발 소리가 어지럽게 났다. 급하다며 화장실로 가는 옆집 여자를 바라보았다.

이게 다 뭐예요?

옆집 여자가 괴성을 질렀다.

정 목사가 의자에서 일어나 화장실로 갔다. 검댕도 목사

옆으로 바짝 따라붙었다. 화장실 문틀에 기대 고개만 들이민 정 목사의 다리에 검댕의 털이 닿았다. 정 목사가 입꼬리를 내리며 다리를 살짝 들어 검댕을 밀쳤다.

상을 여기 차려놨네.

옆집 여자는 어쨌거나 급하다며 화장실 문을 닫았다.

문 앞에 서 있던 정 목사가 어이없는 표정으로 청자 씨를 보았다. 변기에 물 내려가는 소리가 들리자 흠흠 헛기침을 했다. 젖은 손을 엉덩이에 문지르며 나온 옆집 여자와 눈짓을 주고받았다. 지켜보던 청자 씨가 목발을 짚으며 화장실로 갔다.

병원에서 퇴원한 다음부터 청자 씨는 달력에 빗금을 그어 날짜를 지우고, 자인 사진을 벽에 붙여놓았다. 이름 카드, 관계 카드, 전화번호 카드를 만들었다. 커피 타는 법, 전기밥솥 쓰는 법, 리모컨 조작법, 화장 순서를 적은 카드도 여러 장 작성했다. 만든 카드를 하루에도 여러 번 읽었다. 그러나 몸에 각인되었던 습관과 행동은 서서히 떨어져 나갔다. 기억도 마찬가지였다. 화장실 안으로 한 발짝 들어간 청자 씨는 등허리를 꼿꼿하게 세웠다. 목발의 횡목을 잡은 손등이 꿈틀거렸다.

이게 왜 여기 있지?

청자 씨는 목사와 옆집 여자를 번갈아 보며 물었다.

그러게요.

빙그레 웃으며 말하는 목사를 보며 옆집 여자 역시 입술만 씰룩거렸다.

검댕과 콜라가 순식간에 화장실로 들어왔다. 검댕이 절룩거리며 상 앞으로 걸어가 앉았다. 상 위에 놓인 사과에 코를 대고 킁킁거렸다. 덥석 물었다가 뱉어냈다. 바닥에 떨어진 사과가 청자 씨의 깁스한 다리를 치고 하수구로 굴러갔다. 청자 씨가 상 앞에 앉아 있는 검댕을 목발로 밀쳤다. 검댕이 목발을 턱 물더니 이리저리 흔들었다. 목발 끝에 끼워진 고무 패킹이 찢기면서 떨어져 나갔다. 검댕은 고무 패킹을 이빨로 질근질근 씹다가 뱉었다. 청자 씨를 보면서 으르렁거렸다. 이가 드러난 검댕의 입가에선 침이 질질 흘렀다. 눈을 번득거리더니 청자 씨의 깁스를 물었다.

놀란 청자 씨가 깁스한 다리를 빼내려다 비틀거렸다. 들고 있던 휴대폰을 놓쳤다. 가. 다 가버리라고 울부짖듯 외쳤다. 옆에 있던 콜라가 눈을 동그랗게 뜨고 짖었다. 검댕도 컹컹컹 짖어댔다. 적의와 두려움, 불안에 휩싸여 짖어대는 검댕의 쉰 소리, 영문도 모른 채 따라 짖는 콜라의 맹맹한 소리에 청자 씨의 외침이 얹혔고, 빗소리가 더해졌다.

옆집 여자가 쉿, 쉿 거리며 콜라에게 간식을 던져주었다.

간식을 먹느라 콜라가 조용해졌다. 검댕은 간식엔 입도 대지 않고 상 주변을 빙빙 돌았다. 어지럽지도 않은지 쉬지 않고 원을 그리며 돌았다. 검댕의 움직임을 따라 옆집 여자의 시선도 돌았다.

이 개 좀 돌았나 봐.

옆집 여자가 소리쳤다.

숨을 고른 청자 씨가 떨어뜨린 휴대폰을 집었다. 액정 왼쪽 귀퉁이가 깨져 있었다. 액정을 손바닥으로 쓰다듬고는 자인에게 전화를 걸었다. 발신음이 끝날 때까지 전화는 연결되지 않았다. 잠시 후에 다시 걸었다. 전화 연결이 되지 않는다, 소리샘으로 넘어간다는 말이 흘러나왔다. 자인아. 청자 씨는 CCTV를 쳐다보면서 딸을 불렀다. 대답 대신 빗소리만 시끄럽게 들렸다.

비는 계속 내렸다. 교회 지붕 위에도, 어둑어둑한 골목길에도, 전봇대와 전깃줄에도. 가로등에 불이 들어왔다. 강렬한 섬광이 번쩍였다. 쾅. 쾅. 고막을 찢을 듯한 천둥소리가 집을 흔들었다. 갑자기 사방이 어두워졌다. 청자 씨는 눈을 여러 번 깜빡거렸다. 그러나 보이는 건 어둠뿐이었다.

정전인가 봐. 두꺼비집 좀 봐줘요.

청자 씨가 정 목사가 있는 쪽을 보고 소리쳤다.

지붕과 창문, 시멘트 바닥을 내리치는 빗소리가 청자 씨를 관통해 지나갔다. 청자 씨는 목발을 움켜쥐고 화장실 벽에 등을 기대고 섰다.

휴대폰을 켜면서 정 목사는 집에 플래시는 있느냐고 물었다.

두꺼비집 아래, 신발장 받침 위에 있어. 거기 찾아봐요.

청자 씨의 대답과는 달리 플래시는 텔레비전 밑에 있었다. 정 목사는 플래시를 켜고 두꺼비집을 비췄다. 간이 의자를 갖다 놓고, 의자 위로 올라가 두꺼비집을 열었다. 퓨즈도 멀쩡하고 이상이 없었다. 마루와 안방, 화장실을 돌아다니며 차례로 전등 스위치를 껐다 켜기를 반복했다. 불은 여전히 들어오지 않았다.

화장실 전등이 늘 말썽이었어요.

청자 씨의 말에 정 목사는 욕조 테두리를 밟고 올라갔다. 플래시를 입에 물고 천장에서 원반 모양의 전등을 떼어냈다. 먼지 덩이와 죽은 날벌레들, 말린 종이가 떨어졌다. 정 목사는 바닥에 떨어진 종이에 플래시를 비췄다.

그게 뭐야?

서류 같은데요.

이리 내.

청자 씨가 종이를 잡아챘다.

망연한 표정으로 정 목사가 플래시를 흔들었다. 추도예배를 보자고 말했다. 불이 나가 한층 경건해졌다고 덧붙였다. 정전까지 됐는데, 자인은 아직 도착하지도 않았는데. 서두르는 정 목사가 청자 씨는 못마땅했다. 상 앞에서 꿈쩍도 하지 않는 검댕을 저리 가라고 밀쳐 냈다. 우당탕 소리가 났다. 검댕이 옆으로 미끄러지면서 화장실 청소도구 통을 넘어뜨린 모양이었다. 정 목사가 플래시로 바닥을 비췄다. 바닥에 흰색 가루세제가 쏟아져 있었다.

상을 마루로 옮기고 정 목사는 플래시를 상 위에 얹어놓았다. 화장실 거울에 붙어 있던 한지를 떼면서 이게 뭐냐고 물었다. 지방이라는 대답에 종이를 플래시 불빛에 가까이 댔다. 종이에는 아무것도 적혀 있지 않았다. 정 목사는 한지를 쓰레기통에 버렸다. 상에 있던 음식을 식탁 위로 옮겼다. 꽃바구니는 식탁 가운데 놓고 플래시는 식탁 뒤쪽 바닥에 세워놓았다. 마룻바닥에서 천장을 뚫고 하늘로 빛이 뻗어 올라가는 듯 보였다. 있는지도 몰랐던 먼지가 빛과 어둠 사이를 넘나들었다. 하느님도, 자인 아버지도 그 빛을 보고 올 것 같았다.

청자 씨는 손을 내려다보았다. 종이를 움켜쥔 손엔 힘이 잔뜩 들어가 있었다. 이 종이를 내가 왜 쥐고 있지? 또 잊어 버렸네. 방금 들었는데. 목사에게 물어볼까? 떠오를 것 같다 가도 떠오르지 않는 게 무얼까? 잊어버리는 빈도가 점점 잦아 지면서 청자 씨의 불안은 가중되었다. 종이를 골똘히 바라보 다가 펼쳤다. 어두워서 읽기는 어려웠지만 뭔가 적혀 있었다. 정전이 끝나고 불이 들어오면 찬찬히 읽어봐야겠다고 생각했 다.

이제 앉으세요. 정 목사가 성경책을 챙기며 말했다. 식탁 을 중심으로 꽃바구니 앞에 청자 씨가 앉았다. 그 왼쪽에 정 목사가 앉고, 그 옆에 검댕이 고개를 다리 위에 얌전히 얹고 엎드렸다. 눈까지 감으니 기도라도 하는 자세였다. 청자 씨 오른쪽에 옆집 여자가 콜라를 안고 의자 끝에 걸터앉았다. 콜 라는 좀처럼 가만히 있지 못하고 버둥댔다. 추도예배 따위엔 관심도 없어 보였다. 부스럭거리는 콜라에게 조용히 하라는 눈짓을 보낸 정 목사가 두 손을 모았다.

추도예배가 시작되었다.

정 목사는 한 번도 본 적 없는 자인의 아버지에게 축복을 내려달라고 기도했다. 청자 씨의 건강을 빌었다. 집문서를 쥐 고 있는 청자 씨의 오른손 위에 자신의 손을 얹었다. 자신이 무슨 짓을 하는지도 모르는 어린양을 용서해달라고 기도했다. 기도문을 듣던 청자 씨가 손을 빼냈다. 귀를 후비면서 여태 오지 않는 자인을 생각했다. 발가락이 간지러워 내려다보니 검댕이 깁스 바깥으로 삐져나온 엄지발가락을 핥고 있었다. 청자 씨는 발가락을 꼿꼿이 세워 검댕의 혀를 툭 차 냈다.

추도예배에 임하는 자세만 보면 검댕이 더 진지했다. 정 목사는 청자 씨에게 검댕을 보내주셔서 감사하다, 검댕을 버린 주인에게도, 청자 씨에게도 복을 내려달라고 간청했다. 검댕은 덤덤한 표정으로 정 목사의 기도를 경청했다. 하품을 참으며 자세를 고치던 청자 씨가 무심결에 불편한 다리를 건드렸다. 검댕이 고개를 들었다가 내렸다. 살아있는 살의 느낌이 청자 씨의 발바닥으로 전해졌다. 생소한 느낌이었다.

아멘. 목사가 성경책을 덮었다.

청자 씨는 구겨진 집문서를 반듯하게 펴서 플래시 불빛에 갖다 댔다. 글씨가 잘 보이지 않았다. 돋보기를 찾기도 귀찮아 불빛에 더 가까이 대고 보았다. 집문서에 적힌 남편 이름은 검은 줄로 지워져 있었다. 10년 전의 날짜가 적혀 있었고 그 아래 사망으로 인한 소유권 이전, 우청자 라고 적혀 있었다. 청자 씨는 집문서를 반으로 접었다. 청자 씨의 어제가 닫히는 것 같았다. 문득 교통사고를 당하고, 인지장애 진단을 받았던 악몽 같은 어제가 떠올랐다. 정말 어제가 있기는 있었을까. 어제는 어쩌면 허상인지도 몰라. 청자 씨는 깁스를 만지며 중얼거렸다. 정 목사의 휴대폰 소리에 움찔했다.

꺼진 불이 한몫했어.

찾았구나.

움켜쥐고 안 놓으셔.

정 목사는 청자 씨를 흘금거리며 말했다.

바로 나와요.

자인의 떨리는 목소리가 전화기 밖에서도 들렸다. 차를 보냈다, 거기서 만나자는 말도 새어 나왔다. 그때, 산이 무너지는 듯한 천둥소리가 청자 씨의 고막을 뒤흔들었다. 검댕이 울부짖듯 짖었다. 콜라도 덩달아 짖었다. 어둠 속에서 너무 많은 소리가 청자 씨에게 달려들었다. 머릿속에서 분쇄기가 돌아가는 것 같았다. 분쇄기는 기억을 잘게 쪼갰다. 자잘하게 깨진 기억이 마구 뒤섞였다. 혼재된 기억은 소리와 함께 청자 씨의 머릿속을 헤집었다.

정 목사는 밖을 내다보면서 청자 씨의 어깨를 감싸 안았다. 청자 씨를 일으켜 세워 현관으로 밀고 갔다. 늦어서 죄송하다고 외식하자는데요. 그는 자인의 말이라고 강조했다. 외식은 무슨 외식이야, 음복도 해야 하는데. 말은 그렇게 했지만 청자 씨는 음복이고 뭐고 피곤이 몰려왔다. 정전인데다가 비도 오고, 왠지 나가기가 싫었다.

둘이 먹고 와.

청자 씨는 어깨를 흔들어 정 목사를 밀쳐 냈다.

가셔야죠. 자인이 차까지 보냈는데.

정 목사 특유의 부드러운 목소리에 청자 씨는 기분이 조금 풀어졌다.

전조등이 집 안으로 들이비쳤다. 뚜벅거리는 발소리와 함께 검은 모자를 쓴 여자가 들어왔다. 정 목사와 눈짓을 주고받고는 청자 씨에게 다가왔다. 정 목사가 서둘러 목발을 챙겨 들었다.

불편하신데 제가 모실게요.

검은 모자를 쓴 여자는 청자 씨와 팔짱을 꼈다. 보고 있던 옆집 여자가 우산을 펴 받쳐주었다.

문단속 좀 해줘요. 금방 갔다 올게.

옆집 여자에게 부탁하면서 청자 씨는 떡 좀 가져가라고 말했다. 미안한 표정이 역력했다. 검은 모자를 쓴 여자에게 이끌려 봉고차에 탔다. 쫓아 나온 검댕이 봉고차에 뛰어올랐다. 너는 집에 있어. 정 목사가 검댕을 빗속으로 밀어냈다. 비를 맞으며 검댕은 봉고차를 향해 미친 듯이 짖어댔다.

봉고차는 심하게 덜컹거렸다. 깁스한 청자 씨의 다리가 앞 의자 등받이와 부딪쳤다. 청자 씨는 엉덩이를 들썩여 의자 깊숙이 들여 앉았다. 앞 좌석 등받이를 잡으려고 손을 폈다. 집 문서를 놓친 줄도 모르고 밖을 내다보았다. 창밖은 깜깜했다. 어둠 속에서 간간이 길옆에 늘어선 나무들이 나타났다 사라졌다.

너무 멀리 가진 마요. 올 때 힘들어.

청자 씨는 어디로 가는지 물었다. 대답이 없었다.

여기도 정전인가 봐. 봉고차에서 내리며 청자 씨가 중얼거렸다. 아니 내 눈이 이상한가, 너무 어둡네, 불이 언제나 다시들어오려나, 생각했다. 엄마. 건물 앞에서 기다리고 있던 자인이 우산을 받치고 나왔다. 청자 씨 손을 잡고 같이 건물로 들어갔다. 뒤에 남은 정 목사는 봉고차 뒷좌석에 떨어진 집문서를 챙겨 바지 주머니에 넣었다. 요양병원이라고 쓰인 간판을 비추던 봉고차의 전조등이 꺼졌다.

가청범위

신호등 소리가 끝도 없이 이어졌다. 홍콩에 온 지 1년이 다 됐는데도 익숙해지지 않는 지옥의 굉음이 오늘따라 유독 내 신경을 긁었다. 나는 블라인드를 살짝 젖히고 건널목을 눈으로 살폈다. 커피를 사러 간 재인은 보이지 않았다. 신호등의 경고음을 제대로 못 들을 텐데. 청각에 문제가 있는 재인이 걱정되었다. 배달시키자는데 직접 갔다 오겠다고 했을 때 말렸어야 했다. 나는 침대에 털썩 엎어져서 귀를 틀어막았다. 홍콩의 신호등 소리가 이토록 끔찍할 줄 알았다면 파견근무는 오지 않았을 거였다. 그만 좀 울리라고 외쳤다. 그 일이 있고부터 나의 참을성은 자주 한계를 넘었다.

손을 뻗어 가방 속을 뒤졌다. 노트북 위에 시옷 자로 엎어 놓은 책을 들었다 놨다. 벽걸이 텔레비전 밑에 놓인 상자도 열어보았다. 휴대폰을 어디 뒀지? 신호등 소리는 기억을 쫓아버리고 자존감까지 갉아먹었다. 나는 고개를 들어 폭탄이라도 맞은 형국인 집안을 둘러보았다. 왜 하필 지금, 재인은 홍콩을 여행지로 택했을까? 홍콩 근무를 알렸을 때도 별다른 반응이 없더니. 재인의 홍콩 여행 목적이 궁금했으나 나는 묻지 않았다.

출입문 손잡이가 쇳소리를 내며 돌아갔다. 재인? 소리치며 벌떡 일어났다. 문 열라는 말과 함께 출입문이 텅텅 울렸다. 바닥에 널브러진 옷과 잡동사니들을 발로 쓱쓱 밀며 나는 출입문으로 갔다. 잠금장치를 풀려다 방범 렌즈에 눈을 대고 밖을 내다보았다. 거무스름한 실루엣만 보고 잠금장치를 풀었다. 문을 열자 열기가 먼저 몰려들었다.

어디까지 갔다 온 거야?

나는 슬리퍼를 던지듯 벗는 재인을 지켜보며 물었다. 계속 내다봤다고, 걱정했다고 말하지 않았다.

또 무음 설정해놨니?

재인은 커피 컵에 꽂힌 빨대를 마구 저었다. 뺨이 쏙 들어가도록 빨대를 빨았다. 커피 컵을 든 채 에어컨 앞으로 다가

갔다. 민소매 셔츠를 손끝으로 잡아 흔들었다. 쩌 죽는 줄 알았잖아. 거리에 사람들이 쫙 깔려서 더 더웠다고 투덜댔다. 배달시키자니까. 내 말은 안 들리는지 오늘이 장국영 기일이라도 되느냐고 물었다. 홍콩 사람들은 검은색을 좋아하느냐며 고개를 절레절레 흔들었다. 머리띠처럼 썼던 선글라스를 벗어 가방에 넣었다. 궁금해 죽겠다는 표정이었으나 대답을 기대하는 게 아님을 나는 알았다. 재인은 그렇게 말과 표정이 어긋날 때가 많았다.

침대 모서리에 걸터앉은 재인은 쪽쪽 소리를 내며 커피를 마셨다. 커피 컵을 쓰레기통에 던져 넣고는 파란색 시폰 원피스를 집었다. 두 손으로 원피스의 어깨 끝을 잡고 허공에서 흔들어댔다. 고개를 갸웃하다가 가슴에 대봤다.

이 원피스 색깔 괜찮다. 내 스타일이야. 좀 작겠지?

1년 사이에 살이 꽤 오른 재인은 자문자답하며 원피스를 돌돌 말았다. 골판지 상자를 겨냥하고는 신중하게 던졌다. 중고로 팔아도 꽤 받을 텐데, 라며 아쉬워했다. 횡재하는 거라며 옷상자를 받을 누군가를 질투했다. 쓸데없는 데 에너지 쏟지 말라는 내 말엔 대꾸도 없었다.

갖다주는 건 혼자 할게.

맨날 혼자 한대지. 언닌 그게 문제야.

정확하게 급소를 겨냥한 말이 날아와 가슴을 꿰뚫고 지나갔다. 숨이 턱 막히는 기분이었으나 나는 반박하지 못했다. 엄마를 닮아 활달한, 열 살이나 어린 재인에게 '그게' 뭐냐고 묻지 못했다.

재인은 혼자 끙끙 앓는 나와는 확연히 달랐다. 누구에게든 먼저 다가갔고, 솔직했다. 자신의 약점도, 비밀도 선선히 털어놨다. 친구들을 몰고 다니더니 전문학교를 졸업하자마자 취직 대신 자기 사업을 시작했다. 정직을 전면에 내세운 사업은 꽤 잘나갔다. 중견기업에 취업하고도 전전긍긍하며 독립을 망설이는 나를 제치고 먼저 원룸을 얻어 독립했다. 키와 체형은 비슷한데 둘이 어쩜 그렇게 달라? 동생이라도 본받을 건 본받으라고 엄마는 늘 재인을 두둔했다. 억울했으나 나는 내색하지 않았다. 커피를 마시면서 옷이 든 골판지 상자를 테이핑했다. 찍찍거리는 테이프 소리, 신호등 소리, 알리 팀장의 목소리가 뒤섞여 메아리처럼 울렸다.

알리 팀장은 책상 앞에 선 나를 말없이 바라보았다. 심각한 표정으로 가까이 오라고 손짓했다. 볼펜으로 모니터를 가리켰다. 엑셀로 정리한 옵테인 D램 수량을 콕 찍었다.

'0' 개수가 안 맞는데.

지시하신 대로 처리했는데요.

세어보세요.

느닷없는 지시에 어리둥절했으나 나는 눈으로 '0'의 개수를 셌다. 여섯 개였다. 그럴 리가 없는데. 분명 다섯 개를 적어 넣었는데. 믿기지 않아 다시 세는 짧은 순간, 머릿속은 멍해졌고 눈앞은 캄캄해졌다. 틀림없이 여섯 개였다. 연이은 '0'이 내 목을 조였다.

뭐 하고 있어요? 시간 없어요.

알리 팀장의 날카로운 말에 정신이 번쩍 들었다. 허둥지둥 자리로 돌아왔다. 인텔 담당자의 전화번호 버튼을 누르고 심호흡을 했다. 연결음이 끝날 때까지 담당자는 전화를 받지 않았다. '긴급' 마크를 붙여 메일을 전송했다. 한 푼도 쓰지 않고, 내 월급을 20년 동안 모아도 안 되는 거금이 달려 있었다. 또다시 엑셀 파일을 불러내 '0'을 다시 셌다. '0'의 구멍 속으로 빠져드는 기분이었다.

'0' 하나를 빼는 작업은 생각보다 험난했다. 나는 경위서를 작성하고, 임원 회의에 들어가 자초지종을 설명했다. 단순 실수였다고, 어떤 의도도 없었다고 말했다. 같은 말을 수도 없이 반복해서 외울 지경이었다. 결국 모든 게 내 잘못이라고 인정했다. 단순 실수라는 게 말이 돼? 신입도 아니고. 크로스 체크 때 놓친 팀장도 문제야. 종일 온갖 말들이 귓가를 맴돌았다. 집에 돌아와서도 말들은 철수하지 않고 내 주변을 떠다녔다. 나는 '0'에 목이 걸린 채 허공에 매달린 기분이었다. 숨쉬기조차 버거웠다.

'0' 사건을 수습한 후, 나는 일주일간 휴가를 받았다. 처음 3일간은 무조건 잤다. 나흘째부터는 요가와 명상을 하고, 발 마사지를 받았다. 온몸에서 서서히 힘이 빠져나가고 있었다. 그러나 머릿속 긴장감은 누그러지지 않았다. 멍하니 앉아 넷플릭스로 미드를 연속해서 봤다. 집 안을 가득 채운 말과 소리에 더 어지러웠다. 배를 타고 홍콩섬으로 넘어갔다. 바닷물에 '0'을, 직원들의 수군거림을 모두 쏟아 버릴 작정이었다. 쓸데없는 시도였다. 귓속에는 철썩이는 파도 소리가 추가되었다.

약을 사러 갔던 날도 똑같았다. 바람이 매섭게 불었고, 눈까지 날렸다. 빨리 갔다 오라는 엄마의 재촉에 나는 마음이 급했다. 눈 밑에 숨어 있는 빙판을 보지 못해 여러 번 미끄러졌다. 빙판에 머리통을 찧었을 때는 집에 누워 있는 재인이 부럽고 얄미웠다. 귓바퀴가 빠질 듯 시렸고 윙윙대는 바람 소리가 정신을 흘렸다. 돈을 잃어버릴까 봐 신경 쓴 나머지 약이름을 까먹고 말았다. 소리가 기억도 잡아먹는다는 걸 그땐 몰랐다.

　따뜻한 약국 안에서 손을 비비며 나는 약 이름을 생각해내려고 애썼다. 눈을 크게 떠보고 머리를 쥐어박아도 보았으나 소용없었다. 약사 얼굴만 빤히 쳐다보았다. 울음이 터질 것 같아 고개를 숙였다. 머뭇거리다 판피린을 달라고 말했다. 판피린은 엄마가 자주 먹는 약이었다. 집으로 돌아가면서도 나는 추운 것보다, 발목과 팔목이 쑤시는 것보다, 귓속으로 파고드는 바람 소리에 떨었다.

　해열제야. 해열제. 열 내리는 약. 얼른 바꿔 와.

　야단을 맞으면서 나는 입술을 달싹거렸다. 눈 덮인 빙판에서 넘어졌다, 귀가 아프다, 어질어질하다는 말은 입안에서 맴돌다 삼켜졌다. 손바닥에 해열제라고 적었다. 판피린을 들고 다시 약국으로 갔다. 손을 주머니에 넣지도 못하고, 넘어지지 않으려고 발을 내디딜 때마다 발바닥에 힘을 주었다. 가는 내내 열이 나는 재인을 욕했고, 심부름시킨 엄마를 원망했다. 온몸이 꽁꽁 언 걸레가 될 즈음 약국에 도착했다.

　판피린을 진열장 위에 올려놓으며 나는 입술에 침을 적셨다. 바꿔야 한다는 말을 못 해 그냥 서 있었다. 약사의 얼굴을 흘끔거렸다. 다른 약으로 바꿔줄까? 약사가 먼저 물어와 얼른 손바닥을 보여줬다. 약사는 군말 없이 판피린을 넣고 캡슐에

든 약을 봉투에 넣어주었다. 입술은 왜 다쳤는지, 집은 어딘지 물었다. 씹어 먹는 비타민을 주면서 몸을 좀 녹이고 가라고 친절하게 말했다. 그러나 나는 바로 약국에서 나왔다. 늦게 왔다고 혼날까 두려워서였다.

싸라기눈이 얼굴을 때렸다. 몸이 뒤로 밀릴 정도로 맞바람이 거셌다. 나는 고개를 숙이고, 어깨를 옹송그렸다. 자주 멈춰 서서 속눈썹에 붙은 눈을 털어냈다. 약국에 올 때보다 집으로 가는 길이 더 멀게 느껴졌다. 집에 도착했을 땐 온몸이 축축했고, 힘이 하나도 없었다. 해열제와 잔돈을 엄마에게 내밀었다. 방에 들어가 언제 잠이 들었는지도 모르게 고꾸라져 잤다. 목이 마르고 머리가 아파 잠에서 깼다. 온몸이 활활 타오르는 것 같았다. 엄마를 불렀다. 이마에 손을 대본 엄마가 혀를 찼다. 해열제를 재인과 나눠 먹었다. 그날 이후, 나는 귀마개를 하고 다녔다.

보청기 말인데.

언니. 관심 꺼줄래?

재인은 들고 있던 옷을 거칠게 던졌다. 어느 정도 예상된 반응이었으나 나는 괜히 위축되었다. 청각에 문제가 생긴 게 내 탓도 아닌데 더는 묻지 못했다. 온라인으로 생필품 구매대

행 사업을 하는 그녀는 자신 이외엔 믿지 않았고, 무슨 말이든지 두 번 세 번 확인했다. 철두철미하다는 평판을 들었다. 그러나 화가 나거나, 일이 꼬이면 돌연 언니 탓이라고 몰아가는 걸 남들이 알 리 없었다. 나는 영식이랑 똑같다고 말하려다 참았다. 긁어 부스럼을 만들 일은 없었다. 눈치 구단인 재인에게 영식의 일을 털어놓으면 그대로 엄마에게 들어갈 터였다. 자매지간이라도 넘지 말아야 할 선은 있었다.

요가동아리에서 만난 한과 같이 캠핑을 갔다 온 날이었다. 흙을 현관까지 몰고 오냐, 공용 거실에 캠핑용품을 늘어놓는 건 예의가 아니다, 영식은 평소의 그답지 않게 툴툴거렸다. 대학 선배인 영식은 해외 영업팀 막내인 나의 멘토 역할을 했다. 독립을 하려는데 돈도 자신도 없다는 내게 자신이 사는 공유 하우스를 알려주었고, 다섯 명의 다른 청년들을 설득해 나의 입주를 도왔다. 영식의 도움과 조언이 나의 독립을 앞당기는 촉매제가 된 건 사실이었다.

우린 한집에 같이 사는 남이에요. 그냥 남. 형제도, 가족도, 애인도, 부부도, 친척도 아무것도 아니라고. 노 터치가 기본이에요.

쏘아붙이고 나면 속이 시원할 줄 알았는데 아니었다. 졸지에 나는 영식과 서먹한 관계가 되었고, 그와 마주치지 않으려고 슬슬 피해 다녔다. 영식 역시 꼬인 관계를 풀 의지가 없어 보였다. 문자가 날아온 건 내가 이사 갈 원룸을 검색하던 때였다.

치맥?

…콜.

나는 벼르고 있었다. 취미생활은 사적 영역이다. 선배의 걱정은 알겠는데 피차 성인이고, 초심을 지키자고 말할 생각이었다. 그날따라 영식은 금방 취했다. 불콰해진 영식이 손가락으로 자꾸 귀를 팠다. 귀가 막히니 기가 막힌다고 서늘한 개그를 쳤다. 웃어넘기면 될 일이었으나 나는 허공을 주먹으로 치며 흥분했다. 왜 이렇게 예민하냐는 반격을 받았다. 농담도 안 통하는 사이가 된 거냐는 말엔 얼굴에 벌게졌다. 사람 치겠다, 고 빈정대는 영식을 노려보며 맥주를 원샷했다.

영식은 한과 캠핑을 다녀온 게 사실이냐고 물었다. 사뭇 진지한 태도였다. 사귄다는 소문이 자자하다고 불을 붙였다. 영식의 고등학교 후배인 한은 기획실에 근무했다. 이실직고할 사람은 따로 있는 것 같은데. 나는 뾰족하게 되물었다. 회사엔 영식의 이상한 취향에 대한 소문이 파다했다. 영식도 모를 리 없었다. 험악한 표정으로 무슨 말인가를 하려던 그가 멈칫했다. 아니다. 아냐. 혼자 화를 씹으며 밖으로 나갔다. 담배라도 피우러 간 줄 알았다.

그날 새벽, 영식은 다시 돌아오지 못했다. 건널목을 무단 횡단하던 그를 보지 못한 차에 치여 그 자리에서 숨을 거뒀다. 차를 못 봤을까. 소리를 못 들었을까. 알고도 지나갔을까. 죽을 만큼 힘든 일이 있었던 걸까. 치맥을 하자는 이유가 따로 있었을까. 내게 하려던 말은 무엇이었을까. 풀리지 않은 의문은 나를 어둠 속으로 떠밀었다. 공유 하우스에 같이 사는 사람들은 아는 게 있느냐는 듯 나를 쳐다보았다. 그와 나의 관계를 모르는 회사 동료들은 영식과 한의 소문을 퍼다 날랐고, 아는 친구들은 내 탓이 아니라고 위로했다. 그들의 한 마디, 한 마디가 나를 찔러대 견디기 힘들었다. 복잡하게 꼬인 사람들의 시선에서 잠시 비켜 있고 싶었다. 나는 오래전부터 계획했던 해외 파견근무를 신청했다. 퇴근 후엔 선발시험 준비에만 매달렸다.

동료들의 눈빛이 달라졌다. 내가 '인디 전자' 홍콩 지점으로 간다는 소식이 퍼진 다음이었다. 1년 체류고, 일이 힘들기로 소문난 자리지만 기회이기도 했다. 다양한 생각과 배경을 가진 사람들 틈에서 나는 시야를 넓히고 싶었다. 영식의 일도 잊을 수 있으리라 기대했다. 경쟁자들은 그러나 60여 명을 물리치고 선발된 나를 인정하지 않았다. 발 빠르네. 금수전가 보지. 홍콩에 누가 있나 봐. 제대로 알지도 못하면서 그들은 아무 말이나 했다. 아무 말이 정말이 되어가는 과정을 나는 묵묵히 지켜보았다. 아무 말에 누군가는 미칠 수도, 죽을 수도 있음을 그들은 알까? 안다면 그렇게 말하지 않을까? 알 수 없었다.

문에 거꾸로 붙어 있던 '복(福)' 자가 떨어졌다. 네 번째 골판지 상자를 문 앞에 내놓을 때였다. 앞집 출입문이 열렸고, 돼지기름 냄새가 확 번져 나왔다. 빨간 원피스를 입은 나이 든 여자가 얼굴을 내밀었다. 양킹 코트에 사는 동안 한 번도 마주친 적이 없던 여자였다. 여자는 손가락으로 골판지 상자와 엘리베이터를 가리켰다. 나를 보면서 언성을 높였다. 나는 무슨 말이냐고 물었다. 그러나 나는 광둥어를, 여자는 영어를 몰랐다. 서로에게 열심히 떠들었으나 소통 불가만 확인한 셈이었다. 여자가 쾅, 거세게 문을 닫았다. 바닥에 떨어져 있던 '복' 자가 꿈틀거리면서 뒤집혔다.

재인이 토끼 눈을 하고 뛰어왔다. 무슨 일이냐고 물었다. 별거 아니라며 나는 손을 저었다. 광둥어를 속사포처럼 쏘아대면 어쩌라고. 막무가내인 여자를 씹으며 냉커피를 마셨다. 얼음이 녹아 커피는 맹탕이었다. 비치 샌들을 골판지 상자에 던져 넣는 재인에게 귀 전문 병원에 가본 적이 있느냐고 물었다. 재인이 던진 노란 슬리퍼를 다리에 맞았다.

집어치워. 언니. 그딴 소리 하지 말고 저 소리나 좀 지울 수 없니?

언제나 그랬듯이 재인은 나를 코너로 몰았다. 사실 보청기, 귀, 같은 단어는 재인에겐 금기어였다. 모르지 않았으나 나는 그저 의논하고 싶었을 뿐이었다.

지우다니. 잡혀가고 싶어? 여긴 홍콩이야. 길은 좁고, 사람은 많고, 차는 쌩쌩 달리거든. 신호등이 경고해주는 거야. 얼마나 고맙니? 누가 저렇게 365일, 24시간 우릴 걱정해주니?

말을 하면서도 나는 힘이 빠졌다. 누군가에게는 죽을 만큼 견디기 힘겨운 소리가 누군가의 생명과 연계되어 있다고? 내가 한 말이라는 게 믿기지 않았다. 잡음이야 언제나 있는 거 아냐? 알아서 걸러 듣거나 안 들으면 그만이지. 혼잣말처럼 구시렁대는 걸 들었을까? 재인이 잡아먹을 듯한 표정으로 나를 노려보았다. 다 페이크야. 노이로제에 시달리면서도 아닌 척하는 거야. 흥분한 재인은 아무 말이나 마구 쏟아냈다. 다들 멀쩡하거든. 나는 정색을 하며 되받았다. 한 달 전, 병원에 갔던 날처럼 심각할 필요는 없었다.

그날, 병원엔 의외로 젊은 대기자들이 많았다. 나는 안도하면서도 선글라스를 벗지 않았고, 머리카락으로 얼굴의 반을 가렸다. 검사를 받으려고 무음실에 들어갔을 때는 막막했다. 우주에 혼자 버려진 것처럼. 검사를 받는 내내 간간이, 희미하게 들리는 소리도 놓치지 않으려 신경을 곤두세웠다. 그럴수록 소리는 점점 메아리처럼 울렸다. 절망감에 빠져 무음실에서 나왔다.

뿔테안경을 쓴 젊은 의사가 언제부터 증상이 시작되었느냐고 물었다. 안 들은 건지, 못 들은 건지 모른다, 는 대답에 고개를 갸우뚱했다. 묵묵히 컴퓨터 모니터를 내게 돌렸다. 가파른 골짜기의 외곽선처럼 보이는 그래프를 가리켰다.

여기. 이 각도 보이시죠? 완만한 포물선을 그리는 게 정상이거든요. 귀의 감도가 가장 민감한 2천에서 4천 헤르츠 근처에서 각도가 조금 급해지지만, 이 정도라면 청력은 정상범위에 속한다고 봅니다. 모든 사람이 다 똑같이 듣는다고는 할 수 없으니까요. 아기는 듣지만, 성인인 우린 못 듣는 소리도 많으니까요.

의사는 전문가라는 자부심이 고스란히 드러나는 말투로 설명했다.

비슷한 단어 구별이 힘들어서요.

소리는 들리는 거죠? 그게 중요합니다. 안전과 관계가 있으니까요.

날카로운 흉기가 급소를 찌르면 이럴까. 가슴이 콱 막혔다. 의사가 영식을 알 리 없으니 의사를 탓할 수도 없었다. 그래서 나는 기분이 더 더러웠다. 심리상담을 받아보라는 처방을 받았으나 그럴 생각은 없었다.

들리는데, 들리지 않는다고 말할 수 있을까. 말장난 같지만 사실이었다. 소리 덩어리는 들렸다. 덩어리 속에 뒤죽박죽으로 섞인 내용의 차이를 잡아내지 못할 뿐이었다. 그러나 나는 그것까지 묻지는 못했다. 뭐든 잘 들리는 의사가 내 고충을 정말 알까, 회의적이었다. 들리는 말조차 제대로 못 듣는, 아니 듣지 않으려는 사람도 많다고 하면 할 말이 없었다.

돈과 시간만 버린 기분으로 나는 병원에서 나왔다. 온갖 소리가 거리를 장악한 채 질주했다. 자동차 경적, 사람들의 발소리, 오토바이 엔진 소리, 물건을 팔려고 떠드는 소리, 흥정하는 소리, 신호등의 딱딱 소리 등등. 큰 소리에 삼켜져 작은 소리는 아예 들리지도 않았다. 무차별적으로 덮쳐오는 소리에 나는 넘어질 듯 휘청거렸다. 빌딩 벽에 기대서서 지나가는 트램을 멍하니 쳐다보았다. 폭은 좁고, 키는 높은데도 곡선주로에서 중심을 잡는 게 신기했다.

다인 씨. I 사 10세대 코어 수량 체크, '0' 확실히 세고. 11시까지 옵테인 D램 수급 상황 엑셀 파일로 올려줘요.

알리 팀장의 지시에 나는 어리둥절했다. 방금 파일을 업데이트했기 때문이었다. 올린 걸 아직 확인하지 못한 건지, 다시 올리라는 건지 갈피를 못 잡고 서 있었다. 보고할 게 남았느냐는 물음에 아니라고 얼버무렸다. 자리로 돌아온 나는 책상 위에 놓인 제라늄 화분을 끌어당겼다. 쏘는 듯한 풀 냄새를 맡으며 끝이 말라비틀어진 잎사귀를 뜯어냈다. 서랍에서 검은색 파우치를 꺼내 들었다. 흡연실에 가서 담배를 한 대 피웠다. 윙, 팬 돌아가는 소리가 무거운 짐처럼 등을 내리눌렀다. 죽을상을 하고 담배만 뻐금거리는 흡연자들을 뒤로하고 화장실로 갔다.

입안을 물로 헹궜다. 머리칼을 귀 뒤로 넘기며 거울을 보았다. 희고 말끔한 피부, 상대를 제압하는 팽팽한 눈매, 도톰한 입술을 가진 여자가 거기 있었다. 겉모습은 얼마나 기만적인가. 얼굴만으론 누구도 내가 들리지 않는 말, 뒤섞이는 발음, 메아리치는 음, 너무 잘 들리는 잡음 때문에 지쳐가고 있다는 것을 알아차리지 못할 터였다.

장미향을 풍기며 거울 속으로 알리 팀장이 쓱 들어왔다.

곱슬한 머리칼이 어깨 위에서 찰랑거렸다. 거울을 보며 그녀는 입을 빵빵하게 부풀리고는 입가를 만지작거렸다. 눈을 치켜뜨고 뭉친 속눈썹을 다듬었다. 다인 씨 얼굴 본 김에 말하자. 2분기 수입, 수출량 결산 정리해서 올려줘요. P 사 클레임 건, 나머지 정리된 것도 전부 넘겨주시고. 알리 팀장은 여전히 손톱으로 눈썹을 매만지며 지시했다.

참, 해피 아워 어때요? 일단 옵티미스트 예약부터 할래요?

운동으로 다져진 딴딴한 체구와는 달리 알리 팀장의 목소리는 거미줄만큼이나 가늘었다. 미국에서 공부했다는데 영어 발음 또한 특이했다. 모든 '알'을 지나치게 굴리면서 광둥어의 억양을 섞는 바람에 헷갈리는 지점이 많았다.

나는 회의에 늦겠다며 뛰어나가는 알리 팀장을 바라보았다. 찬찬히 그녀의 말을 복기했다. 옵티미스트는 '인디 홍콩' 옆 빌딩 2층에 있는 호프집이었다. 해피 아워엔 맥주가 30퍼센트 저렴했다. 그러니까 맥주를 마시자는 말? 그러나 확신이 서지 않았다. 확인 문자를 보낼까, 하다 손을 오므렸다. 일단 옵티미스트 좌석부터 예약했다.

알리 팀 열 명 중 여섯이 옵티미스트로 갔다. 아레카야자와 뱅갈고무나무가 일행을 먼저 맞았다. 콘크리트가 장악한 도심 속, 숲속을 재연하는 인테리어로 유명한 옵티미스트는 해피 아워를 만끽하려는 사람들로 넘쳐났다. 다들 조금은 풀어지고, 흥분한 상태였다. 호프 특유의 끈끈하고 시큼한 냄새, 흐느적거리는 재즈 선율, 에어컨 바람이 실내에 떠다녔다. 스피커 밑에 앉은 나는 미드 레벨 에스컬레이터를 탄 사람들을 쳐다보았다. 올라가다 보면 하늘에 도착할까. 생각하며 하늘을 보았으나 구름만 보였다.

챙과 케빈, 샤이니가 머리를 맞대고 떠드는 말을 들었다. 듣고 싶지 않은 말이 너무 잘 들려 기가 막혔다. 간다던데. 그사건 때문이지 뭐. 책임져야지. 파면당하지 않은 게 어디야. 그들은 거리낌 없이 지껄였다. 나도 알았다. 담당자인 나는 물론 알리 팀장도 책임을 피하지 못했다. 6개월 감봉되었다는 소문이 파다했다. 홍콩 지사장은 본사의 질책을 받고, 1개월 감봉처분을 받아들였다고 했다. '0'을 하나 더 쓴 사고는 인디 홍콩에, 아니 나의 인생에 영원한 구멍으로 남을 터였다.

알리 팀장이 맥주병을 들고 내 옆으로 왔다. 6개월을 연장할 수도 있는데, 라며 말을 꺼냈다. 그건 이미 끝난 이야기였다. 더 나쁜 조건으로 연장 운운하는 건 가라는 말보다 더 자존심을 건드렸다. 아닙니다. 나는 확실하게 거절했다. 기다렸다는 듯 알리 팀장은 엄지와 검지로 오케이 사인을 만들었다. 서로의 의견은 확인된 셈이었다. 그녀는 맥주 다섯 병과 프렌

치프라이, 양파링을 시켰다. 그러고 보니 오늘의 해피 아워는 텅 빈 숫자 '0'에게 밀린 나의 송별식일지도 몰랐다.

동료들의 웃음이 터져 나오면 나는 실눈을 뜨고는 한 박자 늦게 웃었다. 간간이 대화에 끼었으나 주로 동료들의 입만 주시했다. 왜? 다들 손가락으로 자신의 입술을 매만졌고 거울을 꺼내 보았다. C 사 립스틱이야, 반값 세일 때 바로 집었지. 새로 산 립밤이야. 부드러운 게 괜찮아. 내 입술이 좀 매력적이지? 제각기 한마디씩 했다. 고개를 끄덕여주고, 빙긋 웃어주며 나는 맥주를 들이켰다. 썼다. 검지에 어니언링을 끼워 빙빙 돌려가며 씹어 먹었다. 해피 아워는 급격히 언해피 아워로 변해가고 있었다.

쉬었다 하자며 재인이 벌떡 일어섰다. 팔을 머리 위로 뻗고 몸을 좌우로 흔들었다. 손바닥으로 어깨와 허리를 두드리며 생수를 꺼내 마셨다. 뒤쪽은 딴판이네. 건물을 짓나 보지? 싱크대 앞에 서서 밖을 내다보는 재인이 혼잣말처럼 물었다. 대형 크레인에 걸린 쇳덩어리가 에이치 빔 끝을 내리치고 있었다. 통, 통, 통, 진동과 함께 소리가 울렸다. 귀에 대못을 박는 것 같았다.

저 구덩이 덕분에 월세가 반값이었어. 문을 꼭꼭 닫고, 커

틈까지 치고, 귀도 막고 살았지. 자동차 소음, 신호등의 경고음, 기계 소리를 참은 대가로 돈을 번 거야.

냉소적인 말에 재인은 월세가 얼마였느냐고 물었다. 아주 비싸. 알려고 하지 마. 나는 재인의 입술에 검지를 대며 속삭였다. 재인은 구덩이 너머로 올라가는 도로를 손가락으로 가리켰다. 저 길로 올라가면 하늘 바로 밑이겠는데? 도로 너머엔 고층 빌딩이 하늘 높은 줄 모르고 솟아 있었다. 글쎄. 가보진 않았다고 말하며 뒤돌아서던 나는 바닥에 깔려 있던 비닐을 밟고 미끄러졌다. 쾅, 소리가 나도록 싱크대 문에 어깨를 부딪쳤다. 순간 악몽이 되살아났다. 더운데도 손끝과 발끝이 얼어붙는 기분이었다.

열병을 앓은 후, 재인은 자주 멍한 표정으로 내 입을 보았다. 뭐라고? 두 번, 세 번 물을 땐 화를 내는 것 같이 들렸다. 마치 내가 잘못 말한 것처럼 기가 죽었다. 같은 말을 여러 번 되풀이하는 건 고역이었다. 네가 똑바로 말해야지. 그런 걸 배려라고 하는 거야. 늘 재인 편인 엄마가 야속했다. 나도 안 들렸으면 하고 바란 적도 있었다. 어린 마음에.

이마에 파스를 붙이고 다니는 사람도 있어. 재인이 신기하다는 듯 소리쳤다.

쿨 파스야. 너도 붙이고 싶니? 젤리같이 말랑말랑한데 시원해.

재인은 기분이 상한 눈치였다. 이마에 파스를 붙일 만큼 덥지는 않다고 톡 쏘았다. 대왕 바퀴다. 타일 위로 기어가는 바퀴벌레를 향해 책을 집어 던졌다. 책을 들어보더니 놓쳤다고 소리쳤다. 바닥에 나뒹구는 에프킬라를 집었다. 분풀이라도 하듯 바퀴벌레가 지나간 곳에 마구 뿌렸다. 우산과 구둣주걱을 골판지 상자에 함부로 던졌다. 잡동사니 바구니에서 내 휴대폰을 집어 들었다. 정신 어디 두고 사니? 핀잔을 줬다.

골판지 상자 테이핑까지 마친 나는 얼굴에 자외선 차단제를 꼼꼼히 펴 발랐다. 선글라스와 모자를 챙겼다. 긴 머리칼을 잡아 하나로 묶고 나갈 채비를 했다. 재인이 따라나섰다. 귀찮았으나 따라오지 말라고 말하지 못했다.

신호등의 딱딱 소리가 귀를 강타했다. 홍콩 도심에서 동시에 딸깍거리는 신호등은 몇 개나 될까. 나는 일부러 건널목이 없는 먼 길을 돌아 지하도나 육교로 건너다녔던 날들을 떠올렸다. 방심하고 서 있는 사이, 검은 옷을 입은 사람이 어깨를 치고 지나갔다. 뭐냐고 투덜대며 나는 어깨를 탁탁 털었다. 카트에 골판지 상자를 쌓았다.

쌓아놓으니 상자는 내 키보다 컸다. 무겁지는 않았으나 앞을 보려면 자주 고개를 좌우로 기웃거려야 했다. 제대로 갈 수 있을지 걱정부터 앞섰다. 길은 좁고, 바닥은 울퉁불퉁한데 밀려오는 사람들을 거슬러 가는 것도 문제였다. 얼마 걷지도 않았는데 얇은 민소매 셔츠가 등에 달라붙었다. 모자 밑이 뜨근뜨근했고, 땀이 눈으로 파고들었다. 나는 고개를 젖혔다. 고층 빌딩 사이로 보이는 하늘로 날아가고 싶었다.

다른 길은 없니?

없어.

손부채를 부치면서 나는 재인의 말을 잘랐다. 맞은편에서 검은 마스크를 쓰고, 검은 셔츠를 입은 사람들이 밀려왔다. 그들을 제치고 카트를 미는 일은 급류를 거스르는 것만큼이나 힘들었다. 손목과 팔이 아니라 온몸으로 카트를 밀어야만 했다.

이층 버스가 미친 듯이 빵빵, 경적을 울렸다. 그러나 도로를 가로질러 가는 행인들은 들은 척도 하지 않았다. 우리는 소리의 홍수를 거스르며 에그 타르트가 맛있는 빵집, 뉴질랜드에서 채소를 공수해 온다는 신선 식품점 앞을 지났다. 채식주의자들에게 인기가 많은 가게였다. 재인아. 채식 다이어트 어때? 불쑥 말이 튀어나왔다. 먹는 재미도 없으면 무슨 재미로 살아. 반박하면서도 재인은 문이 닫힌 신선 식품점 안을 기웃댔다.

완차이 역에 가까워질수록 길은 더 붐볐다. 자동차와 택시, 트램, 버스와 관광객에 점령당한 헤네시 로드엔 온갖 소리가 넘쳐났다. 소리에 파묻혀 우리는 투덜거리며 호프웰 센터까지 갔다. 40분이 걸렸다. 셔터가 내려진 것을 보고는 맥이 탁 풀렸다. 어제 전화했을 때, 정오까지 와달라고 했던 말이 그제야 생각났다. 골판지 상자를 문이 닫힌 기부센터 앞에 내려놓았다.

지하 슈퍼마켓에 내려가 아이스크림과 생수를 샀다. 아이스크림을 먹으며 거리를 내다보았다. 살인적인 뙤약볕을 온몸에 쬘 생각만으로도 목과 팔, 종아리가 따끔거렸다. 차양 밑으로 걷는 게 최선이었다. 불편하지만 빌딩에 바싹 붙어 걸었다. 퀸즈 로드 이스트에서 그늘진 뒷골목으로 방향을 틀었다. 골목길 맞은편에 카메라를 든 사람들이 서 있었다. 나는 반사적으로 고개를 숙였다. 기획실 신입의 SNS에 올라왔던 고민하는 영식 씨, 라는 사진 때문이었다.

사진에 달린 댓글이 이상한 소문의 진원지였다. 영식은 자신이 찍히는 줄도 몰랐던 것 같았다. 그와 마주 앉은 사람은 등만 보였다. 설마 한이? 그날, 한과 나는 단지 요가를 같이 하는 동료일 뿐이라고 속 시원하게 털어놨더라면 상황이 달라졌을까? 최소한 말싸움은 하지 말았어야 했나? 생각이 꼬리를 물고 이어졌다.

안 건널 거야?

재인이 등을 치는 바람에 나는 생각의 고리에서 빠져나왔다. 턱이 있는 줄도 모르고 발을 내디뎠다가 넘어질 뻔했다. 허당 아냐! 재인의 빈정댐을 감수해야 했다. 길을 건너 완차이 웨트 마켓 쪽으로 방향을 틀었다. 쉽 스트리트로 내려가자 생선 비린내가 코를 찔렀다. 엄마에게서 나던 냄새였다. 기분이 묘했다. 질척거리는 구정물을 피해 바닥만 보고 걸었다. 어깨에 앉을 똥파리를 쫓으려고 몸을 흔들었다. 골목길 안까지 흘러드는 함성에 귀를 기울였다. 함성은 소리 덩어리일 뿐 내용은 알아들을 수 없었다. 소리는 큰데 내용을 알 수 없다는 게 아이러니했다.

네가 동생을 이해하고 도와줘야지. 언니 맞니? '0'에 집중하라고, 금수전가 봐, 혼자 한다고 우기지 말라고. 온갖 소리가 안에서 뿜어져 나오며 내 몸에 미세한 구멍을 냈다. 구멍은 점점 늘어나고 합쳐져 구덩이가 되었고, 깊고 거대해졌다. 일단 구멍에 빠지면 결코 나오지 못할 것 같았다.

저렇게 더러운 분홍은 처음 봐.

재인이 양킹 코트를 보며 중얼거렸다. 때가 시커멓게 낀,

182

분홍이라고는 할 수 없는 분홍. 하루에 한 번씩 내리는 강력한 스콜도 씻겨내지 못하는 때를 어쩔 거냐고 혼자 흥분했다.

색깔이 변한 이유가 있을 거야. 저 안에서 살다 간 사람들의 말을 들어주다가 그렇게 된 것인지도 모르지. 내부는 깔끔하잖아.

양킹 코트를 변호하고 있는 나를 발견하고 피식 웃었다. 몸에서 탄내가 났다. 젖은 휴지처럼 등에 달라붙었던 얇은 민소매 셔츠는 말라 있었다.

언니. 너 무슨 일 있지? 발령 난 거니?

재인이 뜬금없이 물었다.

아니.

빠르게 대꾸한 나는 생수로 목을 축였다. 거짓말을 한 목을 씻어 내리기라도 할 것처럼. 여긴 너무 시끄러워 적응이 어려웠을 뿐이라고 둘러대며 재인을 흘끗 보았다. 다 안다는 듯한 재인의 태도에 기분이 상했다. 그러나 아무렇지도 않은 척하며 사람들 틈에 끼여 길을 건넜다.

양킹 코트 안은 다른 세상 같았다. 숨구멍을 막고 있던 땀이 일시에 말랐다. 몸이 시원해지자 기분도 풀렸다. 나는 마지막으로 우편함을 확인했다. 쓸데없는 광고물만 가득했다. 한자 신문을 들여다보던 경비 아저씨가 눈을 치켜떴다. 나와 재인을 쓱 보고는 조용히 신문으로 눈길을 돌렸다. 반갑다든지, 누구냐라든지, 어디 갔다 오느냐라든지, 뭐라도 물어보면 안 되나? 적어도 미소라도 지을 순 없을까? 뚱한 그에게 나는 안녕히 계시라고 인사를 건넸다. 그는 고개를 들지도 않고 신문을 들썩거렸다.

쓰레기봉투를 문밖에 내놓았다. 캐리어를 출입문 쪽으로 밀어놓고, 열쇠와 보증금을 돌려받을 계좌가 적힌 쪽지를 갈색 봉투에 넣었다. 기본 가구만 덩그러니 놓인 집안을 휘둘러보았다. 이 집에 처음 들어섰던 때가 생각났다. 지나간 사람의 흔적이 지워진 방. 내가 머물렀던 흔적 또한 내일이면 모두 지워질 것이었다.

이제 우버만 부르면 돼.

창밖을 내다보며 나는 전화를 걸었다. 거센 빗줄기가 유리창을 때렸다. 먹구름이 통째로 떨어지나 봐. 재인의 걱정을 들었다. 굳은 표정으로 전화를 끊었다. 길이 통제돼서 우버를 탈 수 없었다.

지금이 우긴가?

재인이 불만스럽게 물었다. 고개를 끄덕이는 내게 비가 모처럼의 여행을 망쳤다고 툴툴거렸다. 유리창 밖을 내다보았다. 거리는 휴대폰의 플래시를 켠 채 흔들며 걷는 사람들로 가득했다. 빛은 빗줄기를 타고 거리로 떨어졌다. 거리는 빛의 강물이 되었다. 강물에 들어가면 소리는 사라질까? 강물 바닥까지 빠져보지 않으면, 그 속에서 헤엄치며 돌아다녀 보지 않으면 모를 터였다. 나는 싱크대를 뒤적여 투명비닐로 만든 비옷을 꺼냈다. 가방을 챙겼다.

재인을 데리고 양킹 코트 1902호에서 나왔다. 앞집 출입문을 흘끔 보았다. 엘리베이터 앞에 떨어진, 큼지막한 복(福)자를 밟았다. 땡, 소리를 들으며 멈춰 선 엘리베이터를 타고 1층 버튼을 눌렀다. 엘리베이터에서 내려 갈색 봉투를 로비에 앉아있는 경비에게 맡겼다. 졸고 있던 경비가 봉투를 받아 서랍에 넣는 것을 확인했다. 비옷을 입고 헤네시 로드로 나갔다.

빛의 강물에 합류했다. 비옷에 장대비가 떨어졌다. 빗소리는 들리지 않고 빗방울이 몸을 때리는 느낌이 먼저 왔다. '익스큐즈 미'를 외치며 내가 앞서 걸었고, 재인이 뒤따랐다. 빗방울이 굴곡진 바닥을 치고 이리저리 튀었다. 빛의 강물 속은 예상보다 시끄러웠다. 콘크리트 바닥을 치는 빗소리, 사람들의 외침 소리, 캐리어 바퀴가 구르는 소리가 뒤섞였다. 딸깍, 딸깍, 딸깍, 신호등 소리가 그 위를 떠돌았다.

애드미럴티 복합 쇼핑센터에 도착했다. 비옷을 벗은 재인은 상가를 휘둘러보았다. 언니가 홍콩 있을 때 이 상가의 상점들과 어떻게든 엮어야 했는데. 아까 커피 사러 여기까지는 와봤어. 아쉬운 표정으로 그녀는 상가 앞에서 서성거렸다. 시간 없어. 나는 재인을 몰고 긴 복도를 지나 지하철역으로 내려갔다.

지하철을 타고 도착한 센트럴 역은 어딘지 어수선했다. 비가 소리를 증폭해서 그러려니 생각했다. 아니었다. 마스크를 쓴 채 인간 띠를 만든 사람들과 그들 앞에 벽을 치고 서 있는 경찰이 보였다. 2미터쯤 간격을 두고 서로를 마주 보며 그들은 꿈쩍도 하지 않았다. 그들은 공기뿐인 장벽, 보이지도 않는 장벽을 노려보았다. 그들에겐 무슨 소리가, 말이 들릴까? 그림 속의 풍경을 보는 기분이었다.

무슨 일이야?

몰라.

태연한 척 말했으나 내 목소리는 떨렸다. 뭐라고? 재인이 소리죽여 되물었다. 불안한 듯 두리번거렸다. 서둘러야 해. 나도 모르게 화가 묻은 목소리를 내뱉었다. 이마를 찌푸리는 재인의 눈동자가 흔들렸다. 흔들리는 눈동자 속에 비친 나도 흔들렸다.

뭐라고? 아프다고?

보청기를 뺐다가 다시 귀에 꽂는 재인의 손이 떨리는 것을 나는 보았다. 무슨 말이냐고 재차 묻는, 초점 잃은 눈빛도 보았다. 모른 척하며 나는 공항행 에어포트 익스프레스 시간을 확인했다. 재인은 그런 나를 휙 잡아채며 어디가 아프냐, 암 진단이라도 받았느냐고 물었다. 늘 불만투성이라 여긴 내 동생 재인이 나의 구멍을 들여다보려고 안간힘을 쓰는 게 보였다.

그냥 좀 안 들리는 것뿐이야.

나는 시선을 유리창으로 돌리고 속삭였다. 영문을 모르겠다는 듯 재인은 당혹스러운 표정을 지었다. 재인아. 나도 너랑 같아지고 있어. 내키지 않는 비밀이라도 털어놓는 것처럼 중얼거렸다. 포르말린 액체에 담긴 것처럼 굳은 재인의 얼굴이 유리창에 비쳤다. 에어포트 익스프레스는 5분 후에 출발한다는 안내방송이 나왔다. 짐도 부치지 못했는데.

애도의 방식

나는 이언의 허벅지 살을 메스로 쭉 그었다. 메스 끝으로 갈라진 피부를 양옆으로 밀쳤다. 허벅지 살 아래에는 서로 얽혀 있는 가늘고 두꺼운 끈이 많았다. 메스에 묻은 희고 끈적한 기름을 거즈로 닦아낸 나는 세심하게 끈을 제쳤다. 끈 밑에 숨어 있는 혈관을 찾아냈다. 메스를 소독 천에 내려놓고 혈관을 살살 당겨 잘 보이도록 꺼냈다. 기름과 땀에 젖은 손가락이 미끈거렸고 손끝이 미세하게 떨렸다. 거즈로 손을 닦으면서 나는 이언의 발목에 매여 있는 인식표 ㅇ-12A를 확인했다. ㅇ-12A는 방부 처리실에서 붙여준 이언의 새로운 이름이었다.

발가벗겨진 채 천장을 보고 누워 있는 이언에게 나는 몸을 기울였다. 어떻게 된 건지 묻고 싶어 손을 잡았다. 손바닥으로 스며드는 냉기를 느끼며 다문 이언의 입을 뚫어지게 보았다. 말싸움을 할 때마다 거품을 물던, 라면을 나눠 먹고 소주를 마시던, 허옇게 각질이 일어나 늘 립글로스를 발라주던 입이었다. 이언의 손을 놓고 거즈를 집었다. 자잘한 상흔이 보이는 입꼬리, 도톰한 입술과 벌어진 입술 사이로 삐져나온 혀를 문질렀다. 거즈에 쓸리며 입술이 꿈틀거렸다. 입술 가까이 귀를 대보았으나 소리를 들을 수는 없었다. 스테인리스 벽장에 반사된 형광등 빛이 입술 위로 떨어졌고, 메스에 부딪혔다. 방부 처리실의 냉랭한 공기도 벨 만큼 날 선 빛이었다.

방부 처리실은 환기 시설이 잘되어 있었으나 음습하고 퀴퀴한 냄새가 떠다녔다. 출입문인 승강기에서 내리면 바로 마스크를 써야 했다. 영하 10도를 넘나드는 바깥 날씨 때문에 북쪽 벽에 난 창문은 열 엄두도 못 냈다. 블라인드를 내린 창틀 가장자리에 언뜻언뜻 그림이 보였다. 벽은 고정이 끝난 시신인 카데바를 보관하는 벽장으로 둘러싸여 있고, 벽장 앞에는 스테인리스 침대가 정렬되어 있었다. 그 옆에 각종 소독제와 거즈, 외과용 도구가 놓인 이동식 탁자가 가지런히 늘어서 있었다.

고정이 시작되었다. 고정이란 시신의 몸에 포르말린을 주입하는 작업이다. 나는 멸균 천 위에 놓인 캐뉼라 주삿바늘을 집어 들었다. 조금 따끔하다고 말하고는 끝이 뭉툭한 캐뉼라 주삿바늘을 꺼내놓은 허벅지의 넓적다리 혈관에 찔렀다. 바늘이 들어가자 혈관 부위가 꿈틀, 했다. 다 됐어요. 바늘에 연결된 링거 관의 중간 밸브를 서너 번 열고, 닫으면서 링거 관을 타고 혈관으로 들어가는 포르말린 액체의 흐름이 원활한지 주시했다. 맹독 물질인 포르말린 액체는 일급수처럼 맑았다. 마셔도 될 것 같았으나 마시면 썩지 않는 투명한 액체를 보며 나는 보이는 게 전부는 아님을 실감했다. 링거 관은 겉면에 검은색 해골 그림과 붉은 엑스 표가 선명한 회색 펌프 통까지 연결되어 있었다. 펌프 통의 핸들을 돌리면서 나는 포르말린 분출 속도를 조절했다.

맞은편에서 고정 작업을 하던 송이 고개를 들었다. 공시인씨, 목에도 캐뉼라 꽂으세요. 송의 지시에 나는 고개를 저었다. 천천히 가자며 라텍스 장갑을 벗어 폐기물 통에 던졌다. 콧잔등까지 쓰고 있던 마스크를 턱 밑으로 내리고 가운 주머니에서 립글로스를 꺼내 갈라진 입술에 발랐다. 워크숍에 쓸 프레쉬 카데바가 필요하다더니 송은 서두르고 있었다. 바로 고정을 끝냈거나, 고정한 지 하루 이틀 지난 프레쉬 카데바는 성형외과나 피부과 의사 대상 워크숍에서 주로 사용되었다. 나는 이언의 시신이 프레쉬 카데바로 쓰이는 것은 원치 않았다.

시신의 상태에 따라 나는 고정 시간을 조정했다. 잠을 자듯 편안히 숨을 거둔 시신은 여유를 갖고 서서히, 집중치료실에서 나온 시신은 되도록 빨리 고정을 마치는 게 나만의 규칙이었다. 경우에 따라서는 두 시간 만에 고정이 끝나기도 했다. 고정 시간의 길고 짧음에 따라 시신의 피부색은 달라졌는데 천천히 할수록 원래의 피부색에 가까웠다. 이를테면 시신의 손가락과 발가락은 희붐하게 누르스름했고, 사타구니와 겨드랑이는 축축하게 젖은 듯 누르께했다. 배 부분은 연보랏빛이 감도는 누런색으로 변했다. 반면, 단시간에 고정을 하면 같은 색깔이라도 칙칙하고 얼룩이 많았다. 드러나지는 않았으나 시신의 몸에 각인된 상처들이 얼룩으로 표출되는 거였다. 나는 레버를 조절하며 포르말린 주입 속도를 조금 늦췄다.

바코드와 인식번호 ㅇ-12A 스티커가 붙은 서류에 고정 시작 시간, 시간당 포르말린 주입량과 속도를 적었다. 어제도 썼던 볼펜으로 같은 숫자를 적는데 숫자가 삐치듯 미끄러졌다. 서류 위엔 볼펜 똥이 뭉쳐졌다. 언뜻 보면 발견하지도 못할 작은 볼펜 똥에 나는 자꾸 신경이 쓰였다. 볼펜 심을 들었다 났다 하면서 숫자 끝에 뭉친 볼펜 똥을 집어냈다. 기록한 사항을 꼼꼼하게 훑어보았다. 서류와 볼펜을 탁자에 가볍게 던졌다.

　이언은 나의 다섯 번째 가족이었다. 나는 방을 같이 쓰는 방식으로 가족을 만들었다. 같이 지내던 가족이 나가면 전봇대에 새 가족을 구하는 광고지를 붙였다. 네 번째 가족이 떠난 지 두 달이 지난 아직 추운 삼월, 나는 '월세 10만 원, 보증금 없음, 욕실, 냉장고, 세탁기 있음, 가족같이 지낼 분만 연락 바람. 연락처 010-xxxx-xxxx'이라고 쓴 광고지를 전봇대에 붙이고 돌아섰다. 휴대폰으로 웹툰을 보며 걷는데 누군가가 뒤에서 어깨를 톡톡 쳤다. 나는 무심코 뒤를 돌아보았다. 짙은 회색 작업복을 입은 이언이 검은색 가방을 들고 서 있었다. 키가 크고 호리호리한 체격의 이언은 온순하면서도 뭔가 수수께끼를 품고 있는 것 같은 인상이었다. 쌍꺼풀이 없는 눈과 두툼한 입술 탓인지 수더분해 보였다. 이언은 방금 내가 붙인 광고지와 오만 원권 두 장을 흔들어 보였다. 이언을 쓱 훑어본 나는 오만 원권 두 장을 가볍게 낚아챘다.

　이언과 함께 나는 집으로 갔다. 이언이 내 곁에 바투 붙어 걷는 바람에 검은색 가방이 내 허벅지를 턱턱 쳤다. 나는 옆으로 비켜서며 이마를 찌푸렸다. 가방에 뭐가 들었느냐고 물었다. 잠시 머뭇거리던 이언은 바퀴벌레가 들었다고 조심스럽게 말했다. 바퀴벌레? 나는 그 자리에 멈춰 섰다. 주머니에 넣었던 오만 원권 두 장을 꺼내주면서 바퀴벌레는 사양한다고, 그냥 가던 길을 가시라고 말했다. 이언은 난감한 얼굴로 나를 쳐다보았다. 바퀴벌레는 나의 유일한 가족이다, 일이 끝나면 바퀴벌레 가족은 화장시킬 거다, 박제를 했으니 걱정하지 마라, 얼마나 깨끗한지 보여주겠다며 검은색 가방의 지퍼를 반쯤 열었다. 나는 고개를 돌리며 보지 않겠다고 소리를 질렀다. 죽은 바퀴벌레를 들고 다니는 이유가 뭔지 떨떠름하게 물었다. 이언은 고개를 숙이고 만화를 그리거든요, 라면서 은근한 미소를 지었다. 가족? 가족에 대해 생각하지 않으려고 애쓰며 나는 걸음을 재촉했다. 헉헉거리며 집에 도착했다. 대문을 지나 가장 안쪽 끝 방 앞에 섰다. 방문을 열었다. 정면에 출입 금지라고 써 붙인 문이 또 보였다. 나의 아지트인 벽장의 문이었다. 벽장을 보면 나는 죽은 아버지가 떠올랐다. 벌써 20년 전의 일이었다.

아버지는 한 달에 한두 번 집에 왔다. 집에 와서는 내 책상에서 책이며 가방, 노트, 연필, 스탠드 같은 물건을 내다 버렸다. 평생 시험공부만 할 거냐며 돈을 벌라고 윽박질렀다.

독립해라, 돈을 벌어라, 알바라도 하라는 강요에 시달릴수록 나는 더욱 빈둥거렸다. 아버지가 가고 나면 버려진 물건을 집어와 벽장에 숨겼다. 벽장에 쪼그리고 앉아서 깨지고, 찢어지고, 찌그러지고, 부러진 물건을 고쳤다. 어두컴컴한 벽장 구석에서 간혹 벌레가 나오면 눌러 죽였다. 벌레를 아버지라 생각하면서. 아버지는 제법 비싼 요리를 만드는 중국 음식점 주방에서 일했는데 가스통이 터지는 대형 화재 사고로 형체를 알아볼 수 없을 만큼 타버렸다. 시커먼 돌로 변해버린 아버지라니. 가무잡잡한 피부에 불룩하게 나온 배를 탁탁 치면서 잔소리를 해대던 아버지를 다시는 볼 수 없다니. 미워할 아버지조차 없다는 사실에 나는 돌연 쓸쓸해졌다. 한동안 벽장에 틀어박혀 잠만 잤다.

이언은 벽장을 쓰게 해달라고 졸랐다. 월세를 더 내겠다, 청소도 하고 빨래도 도맡아 하겠다며 사정했다. 너무 간절하게 말하는 바람에 나는 하마터면 그러라고 할 뻔했으나 냉정하게 거절했다. 이언은 실망한 기색이 역력했다. 속이 타는지 생수를 꺼내 벌컥벌컥 마셨다. 너무 빡빡하다고 툴툴거렸다. 투덜대는 이언을 쏘아보던 나는 치근대는 사람은 질색이라고 내뱉었다.

시신과 같이 지내본 적 있나요? 시신은 절대 치근대지 않아요. 그래서 정이 가죠.

내 말을 듣던 이언은 이맛살을 찡그리며 직업이 뭐냐고 물었다. 해부학 기사. 나는 가볍게 대답했다. 짙은 속눈썹을 깜빡거리더니 그는 해부학과 의사냐고 다시 질문했다. 청력에 문제 있어요? 의사가 아니라 기사라니까. 시큰둥하게 대꾸하자 이언이 고개를 갸웃했다.

사람들은 내 직업을 한 번에 알아듣지 못했다. 이언 역시 예외는 아니었다. 나는 해부 실습을 위해 시신을 방부처리하고, 관리하다가, 마지막에 장례까지 치러주는 일을 한다고 설명했다. 이언은 그런 직업도 있었느냐고, 멋진 일을 한다며 엄지를 척 들어 올렸다. 나는 어안이 벙벙했다. 제대로 이해한 거 맞아? 내가 하는 일을 멋진 일이라고 말해준 사람은 이언이 처음이었다. 그러면서 벽장을 써야겠다고 계속 졸랐다. 결국 집안일을 해주는 조건으로 내가 출근하고 없을 때만 이언이 벽장을 쓰게 해줬다.

벽장을 나눠 쓰기로 정한 날, 이언과 나는 벽장에 쪼그리고 앉아 소주를 마셨다. 바퀴벌레를 위하여, 포르말린을 위하여 건배했다. 소주 한 병을 마시고는 서로 말을 놨다. 나이 같은 건 묻지도 않고. 두 병을 비우고는 벽장의 용도를 놓고 싸웠다. 벽장은 저장고다, 수선소다, 라는 내 의견과는 다르게 이언은 공작소다, 창작소다, 라고 우겼다. 이언과 나는 한 치도 양보하지 않았다. 서로 자신이 옳다고 주장하면서 소주잔이 비기가 무섭게 부어 마셨다. 소주를 세 병째 마시고 나니 혀가 꼬였다. 나는 말싸움의 주제를 잊어버렸고, 이언은 졸고 있었다. 언제 잠들었을까. 한기를 느낀 내가 눈을 떴다. 비좁은 벽장 안에 등을 바닥에 대고 반듯하게 누운 이언 위에 내가 누워 있었다. 몸을 꿈틀거리자 이언이 두 팔로 나를 끌어안았다.

송의 휴대폰 벨 소리가 정적을 깼다. 집게손가락을 세워 입술에 대고 전화를 받는 송의 표정이 굳어졌다. 말소리를 낮추더니 문밖으로 나갔다. 계약직인 나는 송의 도움이 필요했다. 조만간 재계약 공지가 날 것이고 송의 근무 평가가 절대적 영향을 미칠 것이었다. 재계약이 되기를 바랐지만, 세상일은 내 예상을 자주 뒤엎었다. 재계약이 안 되더라도 내가 할수 있는 일은 없었다. 나는 삐딱하게 놓여 있는 스테인리스 침대를 벽과 평행하게 정돈하고 흐트러진 도구들을 제자리에 놓으며 이언을 보았다.

맨몸의 이언을 보니 나도 추웠다. 쇳소리를 내는 창문이 추운 느낌을 가중시켰다. 무수히 많은 가는 못으로 철판을 긁

는 것 같은 소리는 커졌다 작아지기를 반복했다. 소리의 진폭
이 가팔라질수록 수많은 바늘이 동시에 내 머리통을 찌르는
것 같았다. 관자놀이를 문지르면서 나는 눈길을 창밖으로 돌
렸다.

창틀 위로 눈이 제법 쌓였다. 주차장을 가로질러 걷는 사
람에게 주차요원이 비키라고 손짓을 하면서 호루라기를 불었
다. 주차장 옆의 발인식장에 검은 상복을 입은 사람들이 서
성거렸다. 방금 발인식이 끝난 모양이었다. 화환을 옆으로 치
울 때마다 상복을 입은 사람들의 발밑으로 국화 꽃잎이 떨어
졌다. 사람들이 꽃잎을 밟고 지나갔다. 거뭇한 발자국이 찍힌
꽃잎이 바람에 들썩이고, 쓸려가고, 엎어지고, 날아갔다. 사람
들이 밟고 간 꽃잎 위로 상조회사 로고가 박힌 검은 차가 서
서히 지나갔다. 바큇자국이 이내 눈에 덮여 흐릿해졌다.

송이 거칠게 문을 열고 들어왔다. 표정이 어두웠다. 고정
은 잘 되고 있느냐고 화난 듯 물었다. 주말까진 밀린 고정을
끝내라고 지시했다. 이 남자 시신 언제 들어왔어요? 나는 송
의 표정을 살피며 무덤덤하게 물었다.

새벽 다섯 신가에 들어왔을 거야. 서류에 적혀 있잖아. 서
해안에 있는 수목원에서 발견됐는데 바지 주머니에 시신 기
증서가 있었다네. 자살인지, 사고사인지 내 알 바는 아니지

만, 우리 병원을 콕 찍었대. 사연이 있다는 거지. 근데 그게 왜 궁금해요?

송은 묻지도 않은 말까지 늘어놓더니 정색을 하며 방부 처리실 지침을 잊었느냐, 감정 따윈 필요도, 쓸모도 없다고 덧붙였다. 시간이 남으면 고정 작업이나 마저 하라고 성을 냈다. 그게 화낼 일인가. 고정 작업을 할 때 나는 생각에 감정까지 통째로 버렸다. 입사 면접 때의 충격 때문이었다. 죽음이 무엇이라고 생각하느냐는 면접관의 질문을 받고 나는 망연했다. 자포자기의 심정으로 죽음 앞에서 생각 따윈 아무 소용이 없다고 짧게 대답했다. 떨어질 줄 알았는데 합격 연락을 받고는 죽고, 사는 데 생각은 전혀 도움이 되지 않는다는 사실을 깨달았다.

금요일에 이런 지시를 내리는 저의가 뭘까요?

나는 주말에 특근이라도 하라는 말이냐고 물었다. 특근이 아니더라도 사실 나는 이번 주말은 쉬지 못할 게 뻔했다. 이언이 해왔던 청소와 빨래를 해야 했고, 이언의 바퀴 가족 그림과 가방 속에 들어 있는 바퀴를 어떻게든 처리해야 했다.

저의 같은 건 말단에겐 어울리지 않는 고급 단어야.

스테인리스 침대를 내 앞으로 밀면서 송이 이죽거렸다. 나는 지난주에 송과 술을 먹다 내뱉었던 말이 목에 걸렸다. 이

혼남인 데다 직속상관인 송이 치근대는 바람에 이언 이야기를 했었다. 남자친구와 같이 산다고, 창틀에 붙여놓은 바퀴 가족 그림도 남자친구가 그린 거라고. 말하고선 후회했지만 이미 소용없었다. 독한 감기약을 먹은 탓인지 속이 메슥거렸다. 나는 이언이 누운 스테인리스 침대에라도 눕고 싶었다.

이언은 '바퀴 가족'이라는 제목의 만화를 그렸다. 나무가 많은 공원으로 놀러 갔다가 엄마 손을 놓쳐 고아가 됐다는 이언은 가족에 집착했다. 벌레 중에서도 바퀴벌레를 끔찍하게 싫어하는 나는 그 대단한 재주를 기껏 바퀴벌레 가족이나 그리면서 허비하느냐고 꿍얼거렸다. 이언은 이상하다는 듯 나를 쳐다봤다. 기린이든 사자든 고양이든 바퀴든 상관이 있느냐, 가족은 같은 의미의 가족이라고 단언했다. 나는 입을 삐죽거리며 더는 대응하지 않았다. 가족 문제에 관해서는 별로 말할 게 없어서였다. 나를 보는 이언의 입가에 씁쓸한 미소가 번졌다. 입은 웃고 있는데 눈은 울고 있는 것처럼 보였다. 이언의 복잡한 속내를 나는 알지 못했고 알고 싶지도 않았다. 복잡한 건 딱 질색이었으니까.

이마에 쓴 헤드램프를 켠 이언은 오른쪽 눈에 시계 수선공들이 쓰는 돋보기를 끼웠다. 어둠 속에 앉아 부분조명에 의지

해 그림을 그리는 모습이 마치 광산에서 석탄을 캐는 광부 같
았다. 내가 애꾸눈 광부라고 놀리면 이언은 망친 바퀴벌레 그
림을 내게 던졌다. 방 안엔 한쪽 다리가 없거나 더듬이가 잘
린 바퀴벌레, 화가 난, 웃는, 소리치는, 임신했거나 출산을 마
친 바퀴벌레, 새끼, 대장, 엄마, 할아버지 바퀴벌레들이 기어
가고, 엎어지고, 앉아 있고, 누워 있고, 뒤집어져 있었다. 벽
장과 방안은 바퀴벌레로 뒤덮였다. 날마다 보는 바퀴벌레 그
림 때문인지 나는 이언뿐만 아니라 바퀴벌레와도 가족이 된
것 같았다.

　설거지를 하려던 나는 싱크대 하수구에 더듬이를 살살 흔
들며 기어가는 바퀴벌레를 보았다. 손을 털면서 괴성을 질렀
다. 수돗물을 있는 대로 틀었고, 국자, 플라스틱 접시, 숟가
락, 가위, 젓가락 등을 하수구로 마구 집어 던졌다. 이언이 놀
라 방에서 뛰쳐나왔다. 바퀴벌레가 나타났다, 빨리 잡아 죽이
라는 나의 외침을 듣고 이언의 얼굴이 하얘졌다. 가만히 서서
두 손을 깍지 끼며 안절부절못했다. 가족을 어떻게 죽이느냐
고 웅얼거렸다. 나는 집 안에 살아 있는 바퀴벌레가 돌아다니
는 게 모두 이언 탓인 양, 아니 이언이 마치 바퀴벌레인 양 이
언을 쏘아보며 발을 굴렀다. 가만히 있지 말고 바퀴벌레 죽이
는 약이라도 사 오라고 닦달했다. 슬며시 집을 나갔던 이언은

자정이 넘어서야 돌아왔다.

벽장에 올라온 이언에게서는 술 냄새가 났다. 어깨동무를 하며 내가 바퀴 가족의 큰딸과 닮았다고 말했다. 큰딸로 살아 본 적이 없는 나는 무덤덤했다. 어깨를 흔들고 이언의 팔을 밀쳐냈다. 이언은 완성된 바퀴 가족 만화의 한 장면을 들고 와 보여주면서 이야기를 했다. 이야기를 듣고 난 나는 큰딸로 살고 싶지 않다고 말했다. 진갈색의 반질반질한 외피부터 싫었다. 아버지를 닮아 가무잡잡한 나는 맑고 흰 피부를 갖고 싶었다. 피부가 깨끗하면 속이야 어떻든지 일단 좋아 보였다. 그렇더라도 이야기가 재미있는 것은 인정했다. 이언은 완성된 그림을 벽에 붙여놓기 시작했다.

나는 벽에 붙인 바퀴 가족 만화를 읽었다. 서서히 이야기 속으로 빠져들었다. 킥킥대다가, 화내다가, 힘이 빠지다가, 심각하다가, 격렬하게 제자리 뛰기를 했다. 가족 나들이를 가거나 생일파티 이야기를 쓸 때 이언의 얼굴은 밝았다. 할머니가 죽은 날이거나, 아버지가 아플 때는 이언도 시무룩하니 말이 줄었다. 아기가 태어날 때 이언은 얼굴을 붉히며 수줍게 웃었다. 살짝만 웃어도 입속의 덧니가 보였다. 덧니는 이언의 다른 매력이었다. 나는 이언의 덧니가 좋다며 좀 더 많이 웃으라고 주문했다. 그러나 이언이 웃는 건 손에 꼽을 정도였다.

나는 만화를 읽으면서 연필심 소리를 들었다. 슥슥슥. 그 소리는 마치 바퀴벌레가 벽장 문틈으로 지나가는 소리 같았고, 부서진 의자를 고칠 때 내가 했던 사포질 소리와 비슷했다.

　내 촉을 피할 순 없어. 이 시신이 만화 그린다는 남자친구지? 어쩐지 요즘 수상쩍다 했어. 못 마신다던 술까지 마시자고 할 때 알아봤지.

　송은 사뭇 시비조로 속을 긁었다. 블라인드를 젖혀 창문틀에 붙여놓은 손바닥 크기의 바퀴 가족 그림을 가리키며 솜씨는 있다고 말했다. 마치 자신이 전문가인 것처럼.

　나는 송의 질문에 대꾸하지 않았다. 거짓을 말하자니 찔렸고, 참을 말하기는 싫었다. 이럴 땐 침묵하는 게 대수였다. 사실 거짓과 참이 무엇인지도 헷갈렸고 경계도 애매했다. 내게는 절실한 이언의 일이 송에게는 쓸데없는 오지랖일 테니까. 누구에게는 참이 누구에게는 거짓일 수도 있으니까.

　내 손등에 송의 손이 스쳤다. 나는 움찔했다. 송이 메스를 쥐고 있어서였다. 몸을 뒤로 **빼면서** 뒷걸음질을 쳤다. 팔을 뒤로 돌려 이언의 손을 잡고 만지작거렸다. 나는 포르말린이 들어간 정도도 잴 겸 잡은 이언의 손가락을 하나씩 폈다. 오른손 가운뎃손가락의 첫 번째 마디와 손톱 왼쪽에 단단한

못이 박여 있고 패어 있었다. 연필을 쥐고 날마다 그림을 그리던 손가락이었다. 손을 등 뒤로 돌리고 뭐 해요. 송이 빈정대면서 물었다. 손을 놓고 몸을 돌리던 나는 발뒤꿈치로 탁자를 찼다. 바퀴가 고정되지 않은 탁자가 흔들리면서 뒤로 밀려났다. 저것 봐. 정신 못 차리고 있다니까. 송은 이언의 목에도 캐뉼라를 꽂고, 고정 중인 할아버지 시신도 점검하라고 지시했다. 오늘따라 사사건건 지적하는 송을 나는 슬쩍슬쩍 째려보았다. 목이 칼칼하더니 흙을 갈아 부수듯 거친 가래 기침이 터져 나왔다. 가슴이 찢어질 듯 아렸다. 마스크를 내리고 휴지에 가래를 뱉었다.

나는 메스를 들었다. 이언이 누운 스테인리스 침대로 갔다. 미세한 주름이 잡히고, 주근깨가 박힌 이언의 목 가운데에 목울대가 산처럼 솟아올라 있다. 목울대를 지나 턱과 입 주변이 푸르스름했다. 나는 메스를 잡은 손을 들어 올렸다. 수평에서 수직으로 가파르게 떨어지는 이언의 턱과 목의 언저리에서 손이 머뭇거렸다. 오른팔의 삼두박근, 이두박근, 삼각근이 모두 팽팽하게 당겨졌다. 어깨까지 딱딱하게 힘이 들어갔다.

프로답지 않게 왜 이러시나. 공시인은 겁먹을 때 섹시하단 말이야.

송이 내 손을 잡았다. 순간, 나는 메스를 놓쳤다. 쨍그랑. 바닥에 떨어지는 쇳소리가 차가웠다. 오른손 검지 끝에서 붉은 피가 흘렀다. 회색 바닥에 핏방울 무늬가 점점이 찍혔다. 나는 왼손으로 집게손가락 끝마디를 움켜잡았다. 그럴 줄 알았다니까. 메스를 잡고 남자친구 생각을 하면 어떡해? 빨리 끝내자고. 송은 말없이 새 메스를 꺼내 내게 건넸다. 하긴 손가락 좀 베었다고 죽기야 하겠어요? 메스를 받아 들었다. 피는 이제 메스의 날을 따라 흘러내렸다. 왼손으로 나는 이언의 목울대 옆을 눌렀다. 목울대가 꿈틀거렸다. 금방이라도 숨을 내뱉을 것 같은 목을 메스로 그었다. 지방질이 없는 목에서는 혈관 찾는 일이 수월했다. 끄집어낸 혈관을 타고 내 손에 흐르던 피가 목 안으로 흘러 들어갔다.

피범벅이 된 손으로 나는 이언의 목 혈관에 캐뉼라 주삿바늘을 꽂았다. 링거 관에 연결된 레버를 조금만 열어 포르말린을 소량씩 주입했다. 몸에 생긴 상처를 감춰주는 게 내가 이언에게 해줄 수 있는 마지막 배려라고 생각했다. 이언이 수목원에 같이 가자고 했을 때 거절했던 게 마음에 걸렸다. 엄마 손을 놓친 게 후회된다고, 엄마가 보고 싶다던 말도 떠올랐다. 그땐 내 몸이 너무 아팠던 거는 너도 알지 않느냐고, 한번 더 가자고 말했으면 갔을지도 몰랐다고, 스케치는 잘 되더냐고, 만화를 납품하기는 한 거냐고, 가방에 든 바퀴 가족은 어떻게 하면 좋겠느냐고 물었다.

혼자 말하기는 방부 처리실의 시신들과 소통하는 나만의 방식이었다. 대답을 기다리는 질문은 아니었다. 만화가 끝나간다면서 불안해하고, 눈 밑에 다크서클을 달고 있던 이언은 바퀴 가족과 헤어지면 속이 시원할지, 아쉬울지, 그리울지, 아무렇지도 않을지, 같이 죽고 싶을지 모르겠다며, 아버지가 죽었을 때 기분이 어땠느냐고 물었었다. 나는 이언의 감긴 눈꺼풀을 쓰다듬으며 뻐근하면 부르라고 당부했다.

순댓국이라도 먹고 하지.

혼자 드세요. 전 됐어요.

먹고 해. 자꾸 실수하다가 사고 치지 말고.

송이 시계를 보면서 빨리 갔다 오자고 재촉했다. 출장 간 과장 대신 회의에도 참석해야 한다고 말했다.

나는 송에게 이끌려 할머니 순댓국집으로 들어갔다. 할머니가 나와 송을 보고 양은 쟁반에 순댓국 두 개를 내왔다. 할머니가 걸을 때마다 머리에 쓴 빨간 산타 모자의 방울이 흔들렸다. 귀여운 산타 모자 밑의 얼굴엔 깊은 주름이 가득했으나 많이 먹으라는 목소리는 우렁찼다. 나는 순댓국에서 솟아오르는 김을 바라보았다. 고춧가루가 듬뿍 든 국물은 아직도 끓고 있었다. 나는 뜨거운 것을 싫어했고, 입맛도 없었고, 배도 고프지 않았고, 무엇보다 순대와 내장, 뼈를 보기가 싫었다. 숟가락도 들지 않고 멀거니 뚝배기만 보고 있자 송이 다이어트라도 하느냐고 물었다. 더 빠질 살도 없는 나는 대답하지 않았다. 밤 늦게까지 일하려면 속이 든든해야 한다며 송은 으흐, 으흐 소리까지 내가며 순댓국을 비웠다. 무심결에 고추를 먹었다가 나는 그대로 뱉어냈다. 손부채질을 하면서 물 한 컵을 단숨에 마셨다. 헉헉거리는 나를 보며 송은 청양고추인 줄 몰랐느냐며 낄낄댔다. 송에게 눈을 흘기고 나는 식당 바닥을 내려다보았다. 진갈색 바퀴벌레가 쏜살같이 지나갔다. 엉겁결에 다리를 내밀어 밟으려다가 주춤했다.

이언은 내가 퇴근을 해 집에 왔는데도 벽장에서 내려오지 않았다. 그림에 몰입해 내가 집에 왔다는 것을 모를 때도 있었다. 이건 반칙이야. 벽장에 누워 피곤을 풀려던 나는 이언의 연필을 빼앗았다. 이언이 헤드램프를 벗겨내면서 나를 보았다. 눈빛이 맑았다. 맑은 눈을 보며 나는 벽장에서 나가라고 고갯짓을 했다. 이언은 다른 연필을 집어 그림을 그렸다. 나는 다시 비켜달라고 정중하게 말했다. 이언은 고개도 들지 않았다. 나는 벽장으로 비집고 올라가 이언을 벽장 밖으로 밀어냈다. 중심을 잃은 나도 같이 방바닥으로 떨어졌다. 꼬리뼈를 찧은 나는 방바닥을 발로 찼다. 이언은 다시 벽장으로 올라가 그림을 그렸다.

결국 나는 벽장 아래에 쪼그리고 앉아 만화책을 보았다. 이언은 그림을 완성하면 가장 먼저 내게 보여주었다. 삐쩍 마르고 사각턱인 데다 무뚝뚝하지만 너는 나의 첫 번째 독자야. 나는 재미있다는 말 따위는 하지 않았지만 여태 누구에게도 털어놓지 못했던 내 이야기를 이언에게는 했다. 버려진 물건을 주워다 고치는 걸 좋아한다는 것, 곱슬머리라 비를 맞으면 괴물이 된다는 것, 발바닥에 티눈이 있어 달리기를 못한다는 것까지. 물론 엄마의 얼굴도 모른다는 이야기도 했다. 이언은 인내심을 가지고 내 말을 들어주었다. 엄마 이야기를 할 때는 내 손을 오랫동안 잡아주기까지 했다. 나는 진정한 가족을 만든 것 같았다.

바퀴 가족 만화를 탈고한 날, 이언은 걸레질을 했다. 바퀴벌레가 나온 싱크대 주변은 여러 번 닦았고 벽장 구석 어두운 곳에 쳐진 거미줄도 거둬냈다. 벽장이 깨끗해질수록 마음이 불편해진 나는 벽장 문턱에 걸터앉아 문틀과 손잡이, 모서리를 닦는 이언을 지켜보았다. 몸부터 닦지, 라는 말을 삼켰다. 의자를 뒤집어 다리 밑바닥까지 닦는 것을 보고는 급기야 소리를 질렀다. 그만하라며 걸레를 잡아챘다. 걸레를 뺏으려고 달려드는 이언과 밀고 당기는 바람에 걸레가 찢어졌다. 나는 너덜너덜해진 걸레를 쓰레기통에 쑤셔 박았다. 이언은 쓰레기통을 물끄러미 바라보다가 버려지느니 먼저 버리겠다고 중얼거렸다. 더러워진 걸레처럼 얼굴색이 어두워졌다. 열린 벽장문에 등을 기대고 손을 털었다.

이언은 바퀴 가족 만화를 납품하러 갔다. 밤늦도록 돌아오지 않았으나 나는 오랜만의 외출이니 그러려니 생각했다. 이언의 검은색 가방이 그대로 있고, 벽에는 이언이 붙인 바퀴 가족 그림이 빼곡하게 붙어있었다. 벽장 안에는 망친 그림들도 수북했다. 외출한 지 삼 일째 되던 날, 나는 검은색 가방을 열었다. 박제된 바퀴벌레가 깔끔하게 정리되어 있었다. 벽장 바닥엔 뭉뚝해진 몽당연필이 굴러다니고, 지우개 가루가 뭉쳐 있고, 연필 깎던 칼이 나뒹굴었다. 나는 벽에 붙은 바퀴 가족 만화를 하나하나 읽기 시작했다. 방안을 빙빙 돌아 처음 시작한 만화로 되돌아오기를 여러 번, 더 읽을 만화가 없었다. 만화책이 출간되면 사인한 첫 번째 책은 내 몫이라더니. 그제야 나는 주먹으로 머리통을 쳤다. 내가 만든 가족들은 떠날 때 예고한 적이 없었다. 이언은 예외일 거라고 생각한 내가 멍청했다. 벽장에 올라가 누웠다. 잠이 오지 않았다.

방부 처리실로 돌아온 나는 손부터 씻었다. 라텍스 장갑을 끼고 벽장문을 열었다. 벽장 칸칸마다 누워 있는 카데바에 글리세린 처리를 해야 했다. 오랫동안 공기에 노출된 카데바의 피부가 건조해지는 것을 막기 위한 뒤처리였다. 제일 아래쪽 칸부터 열었다. 평온한 얼굴이 쓱 나왔다. 하얗게 센 머리칼이 가지런히 머리 뒤로 넘겨져 있었다. 눈을 감고 반듯하게 누워있는 카데바에게 이젠 일어나셔야죠. 나도 모르게 말이 튀어나왔다. 미쳤지. 아주 정신이 나갔어. 중얼거리며 나는 글리세린을 듬뿍 떴다. 나는 왜 말하지 않는, 아니 말하지 못하는 사람들에게 자꾸 말을 걸까. 살아 있는 사람들과는 왜 친해지지 못할까. 글리세린을 카데바의 가슴에 부었다. 가슴을 시작으로 목덜미와 얼굴, 다시 배와 다리 등 몸 구석구석에 글리세린을 바르고 문질렀다. 고맙죠? 마사지도 해주고. 떨떠름하게 또 말했다. 말해야지. 메아리도 들리지 않지만 말해야지. 내 말은 어디까지 가닿을까. 스테인리스 침대 주변에도 가지 못하고 말까. 나는 별안간 아무도 내 말을 듣지 않는 것에 화가 나고, 아무도 듣지 않는데 끊임없이 말을 거는 내가 수치스러웠다. 새로운 가족을 만들어야 할까, 생각했다.

해부학과 조교가 들어왔다. 검은 비니를 쓰고 검은 바지에 검은 패딩을 입어서인지 섬뜩했다. 창백한 얼굴의 조교는 프레쉬 카데바 준비에 문제는 없는지 물었다. 월요일 워크숍은 펀드를 따느냐 마느냐가 걸린 중요한 워크숍이라면서. 커피를 마시던 송은 준비가 다 끝났다고 큰소리부터 쳤다. 지금 저렇게 큰소리칠 때인가. 나는 송을 흘깃거렸다. 조교는 잘 부탁한다는 말을 남기고 방부 처리실에서 나갔다. 승강기를 기다리면서 옷을 탁탁 털었다. 이곳에 들어온 외부인은 너나없이 나갈 때 옷을 털고, 머리를 털고, 화장실에 가서 손을 박박 씻었다. 그리곤 거울 앞에서 검지로 코밑을 강하게 문질렀다. 날마다 방부 처리실에서 일하는 사람도 있는데 말이다. 재계약 공지 났어요? 나는 무감하게 물었다. 송은 오늘부터 개인별로 메일이나 문자가 간다니까 확인해보라고 말했다. 과장 대신 저녁 회의에 참석하러 송도 나갔다. 나는 가운 주머니 속의 휴대폰을 만지작거렸다. 휴대폰은 종일 잠잠했다.

    나는 눈을 지그시 감았다 떴다. 식곤증인지 졸음이 몰려왔다. 창문의 블라인드를 걷었다. 창문틀에 이언이 그린 바퀴 가족 만화 열 컷이 붙어 있었다. 북창 너머는 어두웠다. 블랙홀처럼 거대한 어둠이 금방이라도 나를 훅 빨아들일 것 같았다. 유리창에는 고정 중인 이언의 모습과 내 얼굴이 겹쳐져 유령처럼 떠 있었다. 창문틀에 붙여진 바퀴 가족 그림이 나와 이언을 보고 있는 듯했다. 나는 유리창에 떠 있는 이언에게 손을 내밀었다. 손이 닿은 것은 차가운 유리였다. 눈에 보이는 것과 손에 잡히는 것 중 어느 것이 진짜일까. 어쩌면 둘 다 진짜가 아닐 수도 있었다. 이언도 나도 가짜일지 몰랐다.

불현듯 이언은 나를 떠난 게 아니라는 생각이 들었다. 유리창에 비친 이언, 스테인리스 침대에 누워 있는 이언, 내 기억 속의 이언은 같았다. 무엇보다 바퀴 가족 만화를 탈고한 이언의 복잡했던 표정은 잊히지 않았다. 이언은 아버지처럼 시키면 돌덩이가 아니었다. 초록, 빨강, 노랑으로 생생하게 살아난 이언의 모습이 무채색인 방부 처리실 풍경에 툭툭 생기를 던져주었다. 이언과 풍선껌을 씹으며 누가 풍선을 더 크게 부나 내기하던 일. 하이 파이브를 하다가 이언이 손을 빼는 바람에 내가 이언에게 안겼던 일. 커피 한 잔을 같이 나눠 마시던 일. 나는 손에 묻은 글리세린을 닦아내고 스테인리스 침대로 다가가 이언을 내려다보았다.

이언의 고정은 끝나 있었다. 여전히 입은 다물고 눈은 감았지만 경직됐던 손이 나긋나긋해졌고 뻣뻣했던 피부가 부드러워졌다. 나는 포르말린 펌프 통을 잠그고 이언의 허벅지와 목에서 캐뉼라를 뽑았다. 펌프 통을 벽 쪽으로 바싹 붙여놓았다. 고정 완료 시간, 총 고정 시간, 포르말린 주입량을 서류에 기록했다. 이언의 발목에 묶인 ㅇ-12A 인식표를 다시 조였다. 새 이름이 마음에 들어? 발목에 달린 이름이라도 있는 게 좋지. 나는 스테인리스 침대를 밀고 한 동짜리 미니 아파트 같은 벽장 앞으로 갔다. 온전히 이언만을 위한 벽장이었다.

　나는 창문틀로 다가가서 바퀴 가족 그림을 모두 떼어냈다. 그림 뒷면에 붙인 양면테이프가 지직 소리를 내며 떨어졌다. 무언가가 찢어지는 느낌이었다. 떼어낸 바퀴 가족 그림을 이언이 누운 스테인리스 침대 위에 나란히 늘어놓았다. 바퀴 가족은 이언을 보고 웃거나, 화를 내거나, 침통해 하거나, 말을 걸고 있었다. 나는 화난 표정의 바퀴벌레 그림을 집어 이언에게 보여주었다. 지금 내 기분이야. 예고도 없이 시신을 기증하는 건 파울이라고 말했다. 가족 이야기를 완성해놓고 죽을 작정이었던 거냐고 물었다. 그림을 뒤집어 이언의 눈을 가렸다. 이어서 더듬이 하나가 잘려 나간 바퀴벌레, 웃다가 배가 터진 바퀴벌레, 너무 빨리 달리다가 미끄러져 다리가 부러진 바퀴벌레를 보여주며 이언이 해줬던 이야기를 기억나는 대로 들려줬다. 이야기를 마치면 그림으로 이언의 몸을 덮었다. 바퀴 가족과 누워 있는 이언의 손을 오랫동안 잡고 있었고 짧게 입을 맞췄다. 벽장문을 열고 맨 밑 칸을 잡아당겼다. 오늘 밤은 바퀴 가족과 같이 지내고, 내일 다시 보자고 말했다. 이언을 벽장에 넣었다.

젖어가는 종이집에서 혼자

이지은(문학평론가)

1. 자가 격리의 시대가 누락한 삶

감염병의 위협 속에서 많은 것들의 우선순위가 바뀌었다. 새삼 소중해진 것 중 하나가 '집' 또는 '가족'이 아니었을까. 자본주의 사회에서 가족이 경제공동체로 기능한다는 지적은 이미 오래전에 상식이 되었는데, 감염병은 여기서 나아가 가족을 '생존공동체'로 더 단단히 묶었다. 문자 그대로 '식구(食口)'만이 특별한 제재 없이 둘러앉아 밥을 먹을 수 있는 사람들이 되었기 때문이다. 감염병이 유행하는 사회에서 '자가 격리'는 으레 겪게 되는 일로 치부되었고, '집콕'은 타인을 배려하는 시민 의식으로까지 이해되었다. 백신이 모자라고 치료제가 개발되지 않은 상황에서 감염병 확산을 방지하기 위한 시민 행동이었다는 것을 모르지 않으나, 이러한 분위기는 사회 구성원을 '자가(自家)'라는 최소의 조건을 갖춘 사람, 그러니까 거주할 집이 있고 정상가정에 소속되어 있는 사람으로 일률적으로 상정한 감이 없지 않다.

그러나 다른 한편에서 생각해보건대 오늘날 '집'은 누구에게나 평등하게 주어지는 공간이 아니다. 최대한의 노력을 쏟아서 최소한의 생활조차 영위하기 어려운 공간을 겨우 얻기도 한다. 이 시대의 청년들에게 결혼과 출산은 포기 리스트에 가장 먼저 올랐던 항목이었다. 그러니 '멈춤'과 '회복'이 가능한 집이란 꽤 많은 의미를 포함하고 있는 셈이다. 이를테면, 깨끗하고 쾌적한 공간은 물론이고, 돌봄 노동을 수행해주고 정서적 유대감을 나누는 생활의 반려자가 있는 집. 그간 사회는 모두에게 이러한 안락한 집과 사랑하는 가족이 있는 것인 양 집에 머무르길 요청해왔다. 그러나 누군가에게 집은 누추하고 위험하며 외롭고 황량한 공간일 것이다. 좀더 솔직해지자면, 우리에게 집이 이토록 가난하고 왜소한 공간이 되었다는 건 새로운 사실은 아니다. '생존'이라는 지상 목표 아래 각자의 외로움을 혹은 이웃의 곤경을 애써 외면해온 것일 뿐.

『애도의 방식』엔 감염병의 그늘이 등장하지는 않는다. 그러나 감염병의 시대가 누락한 우리의 삶을 그리고 있다는 점에서 지금 여기 맞춤하게 도착한 소설이라 하겠다. 여기엔 부동산 사무보조원, 인지 장애를 보이는 노인, 무급 휴가 중인 여행사 가이드, 해부학 기사, 고층 빌딩 유리창 청소부 등 다양한 인물들이 등장하지만, 공통적으로 이들에겐 생활을 공유하는 가족이 없다. 더하여 이들이 생활하는 곳은 가게에 딸린 쪽방이나 컨테이너, 혹은 찜질방이고, 집이라고 한대야 유년의 불우한 기억이 남아 있는 곳이거나 단기 계약 월세집이다. 그렇다고 집 밖깥에 이들의 자리가 마련되어 있는 것도 아니다. 이들은 집의 안팎에서 고립된 생활을 하고 있으며, 타인과 소통하는 일에 어려움을 보인다. 『애도의 방식』은 혼자 살아가는 이들의 삶을 보여주면서 우리 시대의 문제가 '자가 격리'가 아니라, '자가의 부재와 격리된 삶'이 아니냐고 묻는다. 그리고 그 물음 속에는 우리의 삶이 파편처럼 흩어져 있다.

2. 매물(賣物)이 된 집

「종이집」의 주인공 수인은 부동산 사무보조원으로, 매물로 나온 집이 사람들의 눈에 잘 띄도록 부동산 유리창에 광고지를 붙이고, 인터넷 게시판을 업데이트한다. 수인은 억대 가격표가 붙은 집들을 관리하지만, 막상 그녀가 살고 있는 곳은 가게에 딸린 2.5평짜리 쪽방이다. 수인은 좁디좁은 '방'에 살고 있지만, 그녀의 사정과 상관없이 이곳 부동산에서 '집'이라 불리려면 '억'이라는 숫자 정도는 기본으로 달고 있어야 한다. 한편, 「다녀올게요」의 청자가 살고 있는 집도 경제적 가치로만 환원될 위험에 놓여 있다. 엄마 청자에게 집은 "30년간 다달이 대출금 상환을 해가면서 어렵사리 지킨"(134쪽) 마지막 거처이지만, 딸 자인에게 집은 주식 투자 타이밍을 놓치기 전에 돈으로 바꾸어야 할 재산이다. 얼마 전 교통사고를 당한 후부터 청자는 건망증이 더욱 심해졌는데, 딸은 집문서를 손에 넣고 엄마를 요양병원에 보내려 한다. 소설 속 청자의 행동을 보건대 그녀에겐 분명 돌봄이 필요하고, 딸이 돌봄 노동을 온전히 떠안기는 어려울 것으로 보인다. 그러나 요양병원이 청자에게 '집'이 되어줄 수 있을지도 의문이다.

그렇다면 (쪽)방이 아니고, 매물로 환원되지 않는 '사람

사는 집'이란 무엇일까.「종이집」의 수인은 어느 날 익명의 누군가로부터 '보기만 해도 힐링이 되는 집'을 만들어달라는 주문을 받는다. 종이집을 만드는 영상을 브이로그에 올렸더니, 그것을 보고 종이집을 주문한 것이다. 이에 수인은 '힐링'이란 무엇인지, '치유를 할 수 있는 집은 어떤 것인지' 고민하게 된다. 이때 익명의 요청은 수인을 통과하여 독자에게 전해진다. 힐링이 되는 집이란 어떤 집일까. 수인은 첫 번째 집으로 "사람 사는 냄새가 스며 있는 컨테이너"를 만들기로 한다. 건축 현장을 떠돌며 일했던 아버지 탓에 컨테이너를 옮겨 다니며 살았던 수인에겐 그곳이 바로 집이었기 때문이다. 수인은 여기에 '기억을 찍는 집'이라는 이름을 붙인다. 이는 집이 선사하는 치유란, 공간에 스미어 있는 삶의 기억이라는 뜻일 테다.

3. 잃어가는 언어

한편, 수인은 자신의 생각을 언어로 표출하는 데 어려움을 느끼고 있다. 병원에선 스트레스가 원인이라며 무슨 말이든 참지 말고 내뱉으라고 하지만, 말을 내뱉는 것도 들어주는 이가 있어야 가능하다. "누구에게 털어놓나. 내 걱정도 산 더미처럼 쌓여 있는데 누가 남의 걱정까지 듣나."(15쪽) 그러고 보면 『애도의 방식』에는 소통에 어려움을 호소하는 인물들이 많이 등장한다. 수인이 말을 내뱉는 데 어려움을 느끼고 있다면, 「가청 범위」의 다인은 "들리는데, 들리지 않는"(173쪽), 그러니까 정상범위의 청력을 지니고 있지만(실은 청각이 더 예민해지고 있지만) 사람들의 말을 인지하고 의미를 받아들이는 데 어려움을 겪고 있다. 수인과 마찬가지로 다인에게 내려진 처방 또한 심리 상담이다. 다인은 얼마 전 회사에서 큰 실수를 하긴 했지만, 청각이 예민해진 건 이번이 처음이 아니다. 살면서 몇 번의 고비가 있었고 그때마다 청각에 문제를 느꼈지만, 다인에겐 자신의 마음을 털어놓을 사람이 없었다. 심지어 비슷한 문제를 지니고 있는 동생조차도 다인의 이야기를 제대로 들으려 하지 않는다.

「종이집」과 「가청 범위」가 소통의 어려움을 듣기/말하기의 스트레스성 장애로 그려내고 있다면, 「검은 비닐봉지」는 이를 인간관계 속에서 포착해낸다. 「검은 비닐봉지」의 강미진은 본디 여행사 전문 가이드였으나, 현재는 무급 휴가 상태로 사실상 실업자 신세다. 그녀는 아르바이트를 구하다가 낯선 도시까지 흘러오게 되었는데, 이 소설에서도 '집'은 문제적 장소다. 위층에 사는 집주인은 친구처럼 지내자면서, 과일을 많이 먹으라느니 잔소리를 한다. 좀 언짢더라도 진심 어린 걱정이라면 그러려니 넘길 테지만, 주인집 여자의 말은 폭력적인 평가나 품평으로 들린다. 미진으로 하여금 괜히 자신의 푸석한 피부와 머리칼, 마른 몸피를 자각하게 만드니까 말이다. 게다가 집주인은 원하지도 않은 과일이며 채소가 담긴 검은 비닐봉지를 일방적으로 미진의 문 앞에 두고 가버린다.

주인 여자의 행위에는 상대의 의향에 대한 존중이 없다. 존중은커녕 자신의 뜻을 거스를 경우 곧바로 상대를 깎아내려버린다. 미진에겐 과일가게 이모의 사고에 대한 죄책감이 있고, 주인 여자의 과일은 이모가 주던 과일을 떠올리게 한다. 그러나 '남는 걸 못 참아' 자꾸만 과일을 미진의 집앞에 두고 가는 주인 여자는 자신의 선의에 대해 한 치의 의심도 하지 않는다. 뿐만 아니라 선의가 항상 좋은 결과를 가져오는 것이 아니라는 사실도 모른다. 미진은 "말이 안 통하면 쪽지라도 보내자고 마음먹었"(49쪽)으나, 말이 안 통하는데 쪽지가 통할 리 만무하다. 미진은 방을 빼겠다고 통보하면서도 "검은 비닐봉지 때문이라고 말할 순 없었다. 그 안에 든 과일 때문이라고는 더더욱 밝힌 수 없었다."(62쪽) 결국 미진은 여태껏 주인 여자가 주었던 검은 비닐을 싱크대에 쏟아버리고,

편도 고속버스 티켓을 구입한다.

4. 가족 만들기의 어려움

이처럼 소설의 인물들은 '집'이라 할 만한 공간이나 가족이 없다. 급기야 타인의 이야기를 듣는 능력이나 자신의 감정을 표현할 수 있는 언어마저 잃어가는 중이다. 그럼에도 가끔은 마음을 터놓을 사람을 발견한다. 물론 새로운 만남은 아픔만 남겨둔 채 끝나버리기 일쑤지만.「애도의 방식」의 해부학 기사 공시인은 "방을 같이 쓰는 방식으로 가족을 만들"어왔다. "월세 10만 원, 보증금 없음, 욕실, 냉장고, 세탁기 있음, 가족같이 지낼 분만 연락 바람."(195쪽) 다섯 번째 가족으로 만화를 그리는 이언이 들어왔고, 둘은 꽤 잘 어울리는 가족이 되어가던 참이었다. 다행인지 불행인지 둘이 친해질 수 있었던 데는 가족이 없다는 공통점이 있었다. 이언은 불우한 유년을 보상하려는 것인지 바퀴벌레 가족 만화를 그렸고, 시인은 이언의 첫 번째 독자가 되어주었다. 그러나 만화를 완성한 뒤 나갔던 이언은 죽어서 돌아왔고, 그의 주머니엔 시인의 병원을 콕 찍어 시신을 기증하겠다는 유서가 있었다. 그리하여 지금 시인은 가족이 될 뻔했던 이언의 시신에 방부처리를 하는 중이다.

가족 비극사를 말하라면 「추락」의 나온도 빠지지 않는다. 아버지는 그가 태어나기 두 달 전에 추락사고로 죽었고, 엄마는 동네 할머니에게 갓난아기인 나온을 맡기고선 찾으러 오지 않았다. 할머니까지 죽자 나온은 여기저기 떠돌아다녔고, 찜질방에서 뚱 아저씨를 만나 고층빌딩 유리창 청소부가 되었다. 뚱 아저씨나 마 사장은 신입 나온을 감싸주는 듯하지만, 그렇다고 그들의 작은 선의가 이 바닥의 부조리를 없애진 못한다. 이들 또한 '하던 대로' 하는 데에 익숙하고, '하던 대로'는 신입 노동자에게 불리하게 작용한다. 나온은 마 사장의 강압에 못 이겨 자기 잘못도 아닌 일에 사과를 하고 배상을 약속한다.

5. 그러나 희망이 아주 없지는 않게

「캠핑 페스티벌」의 손차희 또한 엄마의 얼굴도 모르고 할머니 손에 컸다. 지금은 정오와 함께 살고 있지만, 차희는 이 관계가 보통 사람들이 가족을 만드는 방식은 아니라고 생각한다. "결혼은 원치 않지만, 아이는 원하는 나와 집에서 도망치고 싶은 정오의 생각이 맞아떨어졌을 뿐이었다."(113-114쪽) 결혼도 아니고 사랑도 딱히 아닌 채, 아이를 가지려 정오와 동거를 했는데, 오늘 차희는 계류유산이라는 진단을 받았다. 소설은 배를 움켜잡고 고통스러워하는 차희의 모습으로 끝이 나지만, 차희를 기다리는 건 좀 더 따뜻한 시간일 거라는 예감이 든다. 차희가 "보이지 않는다고 없는 건 아니"라는 걸 깨닫고, "보이지도 들리지도 않는 것, 없으나 있는 것들"에 대해 관심을 가지기 시작했기 때문이다. 이미 차희는 새로운 시선으로 따뜻하고 소중한 것들을 발견한 듯하다. 이를테면 이런 것들. "많이 넘어져본 사람만이 가질 수 있는 어떤 의연함"(116쪽)을 품은 정오의 구부정한 등. "한지꽃이 접힌 모서리마다 스며 있을 정오의 지문, 지문을 통해 각인된 온기, 바늘 한 땀 한 땀에 배어 있을 외할머니의 시간, 그리고 느껴지지 않는 아기의 숨결"(65쪽).

그러고 보면, 「애도의 방식」에서 시인이 "시신을 방부처리하고, 관리하다가, 마지막에 장례까지 치러주는 일"(198쪽)을 하면서, 그 과정 내내 죽은 이에게 말을 건네는 일은 독백이나 듣기/말하기의 장애와는 달리 느껴진다. 손차희의 말을 빌리자면, 시인은 '들리지 않는 말', '없으나 있는 말'과 대화하는 것이고, 그것은 해부학 기사의 직업윤리든 인간애의 발로든 시인 나름의 애도의 방식일 테다. 그녀가 건넨 수다한 말들은 분명 이언의 마지막을 덜 적막하게 했을 것이다. 또, 「추락」에는 나온 아버지의 추락, 일인시위 남자의 추락, 나온의 추락이 겹쳐지지만, 나온의 추락만은 지상 몇 미터 전에 멈추었다는 것도 기억해두었으면 좋겠다. 그의 삶이 나락으로부터 겨우 몇 미터 앞에서 지속될지라도, 삶이 지속되는 한 하늘을 날고 싶다는 꿈은 계속해서 가질 수 있을 테니까 말이다.

「종이집」의 수인은 '보기만 해도 힐링이 되는' 종이집을 만들었다. 그것은 수인을 둘러싼 두 가지 현실 – 억대 매물의 집과 2.5평의 쪽방 – 에서 벗어난 세상에 없는 집이었다. 세상에 없는 집이기에 오롯이 희망을 담을 수 있지만, 세상에 없기 때문에 종이집은 연약하다. 폭우가 쏟아지자 종이집들은 속수무책으로 젖어 간다. 소설의 결말에서 수인은 자신의 몸을 접어 치유의 집으로 들어간다. 이 장면은 다소 환상적인데, 여기엔 현실에서 구할 수 없는 집에 대한 염원과 현실에 존재하지 않기 때문에 쉽게 무너질 수밖에 없는 위태로움이 모두 존재한다. 종이집이 현실적인 삶의 공간은 될 수 없겠지만, 그러한 종이집마저 마음에 품지 못하는 세계는 너무나 절망적인 것은 아닐까. 함부로 낙관하지 않되 절망으로만 일관하지 않기. 외로운 삶에 눈감지 않되 연약한 희망을 소중하게 여기기. 이러한 마음이 발견해낸 삶이 바로 『애도의 방식』의 단편들일 것이다.

컨테이너가 이리저리 흔들리더니 쿵 소리를 내며 옆으로 쓰러졌다. 수인도 나자빠졌다. 바닥에 쌓여 있던 종이집이 무너져 내렸다. 쪽방 문이 위에서 수인을 내려다보았다. 바닥에 깔린 쪽창으로 물이 새 들었다. 무너진 종이집이 바닥부터 젖어 주저앉았다. 벽과 천장에 걸어놨던 종이집도 찢기고 떨어졌다. 수인은 움츠린 자세 그대로 한참을 꼼짝도 못 했다. 보기만 해도 힐링이 되는 집을 가슴에 안았다. 고개를 앞으로 접듯이 숙였다. 허리를 구부려 무릎에 닿도록 접고, 다리를 가슴에 바싹댔다. 천천히 종이집 안으로 들어갔다. (32-33쪽)

작가의 말

들길을 걷다가 찢어진 흙더미를 보았습니다. 호기심이 발목을 잡았어요. 이제 막 벌어지기 시작한 흙 사이를 찬찬히 들여다보았죠. 흙덩이를 머리에 이고 일어선 어린싹과 눈이 마주쳤습니다. 우린 눈인사를 나눴고 금세 친구가 되었습니다.

어린싹이 들려주는 흙 속 이야기에 나는 빠져들었습니다. 그곳은 아직 내가 가보지 못한 세상이었습니다. 언젠가는 가게 되겠지만요. 길을 만드는 물 이야기, 만들어진 길 위로 무너지며 집을 짓는 흙 이야기, 움츠리고 있던 애벌레가 꿈틀거리며 그 집으로 이사 들어가는 이야기, 헤아릴 수 없이 많았습니다.

네 이야기를 들려줘.

무엇보다 나는 어린싹 이야기가 궁금했습니다.

흙 속에서 밀리고 찔리면서 흘러가던 어린싹은 자신도 모르게 몸이 꿈틀거렸다고 털어놨습니다. 눈이 부셔 눈을 감고 있다가 알지 못하는 기척에 눈을 떴다고 했어요. 나를 보곤 겁이 났으나 동시에 흥분되었다고, 이야기를 하면서 뿌리는 깊어지고 줄기는 단단해졌다고, 신나했습니다. 나는 고개를 끄덕였습니다. 그건 나도 마찬가지였으니까요.

흙 속에 묻혀, 있는 줄도 몰랐던 어린싹 이야기를 귀담아 들어주신 심훈 문학상 심사위원님께 감사드립니다. 그 이야기를 모아 밖으로 보낼 준비를 도와준 아시아에도 감사드립니다. 아낌없이 응원해준 가족에게도 고마움을 전합니다.

어느덧 어린싹이 떡잎을 달았습니다. 그 모습이 변변찮고 우스워도 응원을 보냅니다. 자라면서 계속 변해갈 어린싹의 이야기를 듣고 싶고, 어린싹을 처음 만났던 때를 기억하니까요. 당신을 만난 게 나에게는 행운입니다.

2021년 11월 김수영

애도의 방식
ⓒ김수영

2021년 11월 15일 초판 1쇄 펴냄

지은이 김수영
펴낸이 김재범
인쇄·제본 굿에그커뮤니케이션
종이 한솔PNS
펴낸곳 (주)아시아
출판등록 2006년 1월 27일
등록번호 제406-2006-000004호
전화 031-955-7958
팩스 031-955-7956
주소 경기도 파주시 회동길 445
이메일 bookasia@hanmail.net
홈페이지 www.bookasia.org

ISBN 979-11-5662-569-8 (03810)